读诗

虚构的平静

2019年 第二卷（总第37卷）

主编：潘洗尘

编委：叶永青 朵渔 巫昂 宋琳 赵野 树才 莫非

耿占春 桑克 雷平阳 潘洗尘（以姓氏笔画为序）

长江出版传媒

长江文艺出版社

图书在版编目（ＣＩＰ）数据

读诗·虚构的平静 / 潘洗尘主编. —— 武汉：长江
文艺出版社，2019.5
　ISBN 978-7-5702-0778-7

　Ⅰ.①读… Ⅱ.①潘… Ⅲ.①诗集 – 中国 – 当代
Ⅳ.①I227

中国版本图书馆CIP数据核字(2019)第016632号

责任编辑：胡　璇　　　　　　责任校对：陈　琪
封面设计：天问文化传播机构　责任印制：邱　莉　王光兴

出版：长江出版传媒　长江文艺出版社
地址：武汉市雄楚大街268号　　邮编：430070
发行：长江文艺出版社
电话：027—87679360
http://www.cjlap.com
印刷：哈尔滨经典印业有限公司

开本：720毫米×1020毫米　1/16　印张：14.75
版次：2019年5月第1版　　　2019年5月第1次印刷
行数：8100行

定价：39.00元

目录

转山

关晶晶

转山

1

多疲惫，一口气散去，便要灰飞烟灭

更加努力的呼吸，把胸腔里的空旷扩至四野

惊雷滚滚的心跳中

万壑松风和千尺桃花潭水，都作片片雪

作片片闪耀的金光，遍布虚空

2

可究竟是胸腔里的一片空

看不见的坛城，步步荒芜里有行走的蜜意

缘起背牛粪的卓玛，然后，是一群羊

天上埋头吃草，瞳孔溢满山川河流，然后，
又崩裂为无限沙砾

粒粒肉身，哪一沙不是一座冈仁波齐

3

法螺已吹响，舌心幽暗的沟壑灌满酥油

点燃秘咒，敲打十殿浮堤门

天梯上刚刚搀扶过我的人

百万次被我吞下的世间重量

都簌簌落下如种子，在金刚亥母的温泉中流
　　连

4

时空倒映出彼此的涟漪

在刹那遇见天地，没有创世者，只有通灵人

密而不语，把契机归还照见

把血管里流淌的星空，和史前闪烁的寒冰百
　　炼成金

关于孤独，应义无反顾

5

然后再把空气填满冷

把手脚缩进身体，留一双眼睛，在二十座雪
　　山之间移动

寻找更荒芜的冷，以及冷的凛冽和冷的决绝

干净透明的冷，把自己看进雪山

看成一座幽深的冰

6

除非是一次死亡，逆转出生

无数次相同的回望，梦中的白鹤回到来处

来处是纷繁的战事，是寂灭

是异界的词语灌入一颗悲悯的种子

是野牦牛隐入巨大的耀目的雪，剩下虚薄的
　　空

悲伤

堵在胸口的厌倦，不知该投向何处

这挺让人崩溃的

我在屋里打转，走来走去

瓶子里的花已经耷拉了脑袋

——它们昨天还娇艳着

我望过去的功夫，花便萎了

那么的不经直视

那么的让人悲伤

尽是悲伤啊，从音乐里走出来

从故事触动我们的那一刻走出来

从一个肉身走向另一个肉身

柔软的肌肤挡不住悲伤的脚步

怎么有那么多悲伤啊，在这世上

风

风，给树木带来了欢娱

他们表达、诉说

隐秘的语言闪耀金光

我听不到，却懂得

在我视线里涌现的万物

都随风化入胸中一片蔚然

穿过光的缝隙，沉溺于寂静

孤儿

熟悉又陌生，那个叫关晶晶的

我前世今生的同胞子

关节每次的弹响中有她

朋友看我的眼神中有她

那些据说是我的作品中有她

我在腹中切下她，连血带肉取出

把她还给我同样陌生的母亲

从此，我不再是任何人的孤儿

龟盏

龟，行于水涧、泉林

从北宋的湖田

到去年的狮子洞

又穿过狮子洞的野芽和落梅

行至案上的茶碗中

此刻月正浓，天干火重

我正盼望山顶的雪

龟啊，你既来

便与我对饮这盏茶吧

看夜色里的流云，快过了光阴

那些深信，那些孤独

甚至那些真正的虚空

都是我内心的一团火

从无雪的冬季

一直烧到我的眼角和唇上

龟，世事于你都枉然

岁月于你无始终

只可怜漫天飞絮，太飘零

我望见你时的那一树杜鹃

满枝的紫色，透着蓝意

这蓝来自天空，每片花瓣都有云的轻

每片花瓣都辽阔

如心意，如光明，晾挂山中

花园

杂念丛生的花园，不必修剪

如德谟克利特那般

只需挖掉自己的眼睛

保留桀骜不驯与格格不入

保留与完美的背道而驰

保留陌生的语调，或者沉默

以及沉默里的深情厚谊

保留片刻的阳光

和飘来又散去的暗香

保留所有的误解

以及，误解里的新世界

降临

从亿万米高空向下坠落

用神的眼睛，和羽毛的轻

那应该是悲悯，我以为

除了悲悯，还有眷恋

带着渴念，穿过稀薄和冷

愈来愈重

直至如流火，砸向尘土

轻改变了姿态

成为炙热的俯冲

成为咆哮与灾难

那是什么？

如果你不问我，我是知道的

但是你却问向我，我便一无所知

在逆光处见到光的形

这恶，比我们想象中更大

距离

人一多，我就容易跑神
跑得很远，大概只剩一粒绿豆的人影那么远
大家都说我不爱说话
那是因为我们的距离，他们
听不到我说的话
没关系，我的话只需要听得到的人听
没关系，我本也无话可说
姥姥

月色清爽又明亮

我想起五岁时的夏夜

林子里的小径新鲜神秘

姥姥牵着我散步，教我辨认星星

辨认披上玄青外衣的柳树和葱兰

还有路过人家小院里昙花的香味

蟋蟀在叫，萤火虫闪烁

我仰头望呀望着皎洁的月儿，就像此刻

隔着时空，姥姥温柔的低语幽幽传来

牵着我，小径依然陌生而神秘

凉风掠过姥姥手中的蒲扇

掠过我的脖颈

月色清爽，又明亮

林涧夜曲

美是悲哀的，像烛泪溢出生命

精力的边缘口齿不清，索性就闭上嘴，熄灭
烛火

把目光投向远山，以及更遥远的星辰

溪水奔腾而下，是谁在奏鸣？

秋虫切切，音符穿林打叶，弹响了时间

早上桂树刚长出新枝，夜晚花便开了

早上的我还年轻，夜晚，我便老了

旅程

常常醒来不知身在何处

旅途上的客栈，梦里的暂寄

与家中并无不同

一个人喝茶，望天，翻捡旧物

一个人打量无常

并与路上的人道别

银杏黄枫叶红

桂香散尽，又该启程了

明天窗外应是西岭的千秋雪

应是，一个人的知冷与寂静

日子就这般一去不回

一片树叶落下，落在时间的尽头

起风了，万物涌现，众神归位

我忆起童年，明亮如此刻

碧水生起绿藻，池鱼和光而卧

北方的天空流火

骄傲的智识纷纷扰扰，纠缠不清

那是文明世界的一团谜

任何身份都耻辱啊，如风中扬尘

一半星光一半雷鸣

瞧，山背后是云起之地

高原上的夏夜未尽，秋风已凉

日子就这般一去不回

我想

我想写作，看着落日缓慢地写

不用担心明天的食粮

我想在花园里看书，自由地看

不用担心忘却

或者大风把书页翻乱

我想折一枝花盛入花罐

望着它喝上两杯

不用担心体内的坏细胞

欠了清香与容颜

我想，就这样不紧不慢地想着

没有任何人到来

也无任何事情去做

陷阱

梯子架好，麻绳找不到了

仿佛是个陷阱

在语言，以及事物可能的联系上

最隐秘的部分一定不是日常

不会是整理花架或别的什么

思维的陷阱必须连接幽冥

必须包括眩晕、下坠

包括自我的痛快和暴力

当揣摩和假设发生

当我在花荫里看光打在地上

寻找

1

寻找一块巨大的岩石

被大雪覆盖过，并怀抱洞穴

目睹大地裂变河流迁移

以及光从地底隆隆升起

面前的碎石有鹰爪停留，有雪豹盘卧的气味

以及人的手印和火的烟

我应住在那里，收集贝壳

摆成星辰的图案

在岩壁上记下一生

2

再寻找一面墙

窄而高耸，四周干干净净

只有材质的粗粝和坚实

从大地深处生长出来

从空里生出间，并隔绝散乱

如如不动将思惘打回原形

我应面墙而立，屏息凝神

感受四面八方时光的移动

并接纳他们的关照

3

最后寻找一片湖

静水流深，暗藏天光云影之蜜意

以及雨雪的语言

我应在湖面上，看万物的倒影，如履薄冰

"在这里，在死亡之后

我们因失去双手而仍将触摸

因双目失明而仍将观看"

一只蝴蝶扇动翅膀

不可预知的未来，悄然正发生

磁共振机中回忆一场战役

廖伟棠

悼加勒比海的金刚

一个同行
死于加勒比海某个小岛
看似被噩梦安慰的金刚
回归地球后半夜辉煌的玻璃子宫
悬荡在我宿醉惊醒的窗前
——我也可笑地
住在一个名为加勒比海岸的住宅区
窗前是半夜飘曳不止的港珠澳大桥
你我不是海盗王

而白天，我吃糯米鸡
假装与荷花有染
幻见你孤独地搂着野蛮人的帝国图腾

即使蛮族的女神爱上你
你也是你的文明的最后一人
假装不认识藕身的催眠

算如今，徐娘全老，花木成仇
中文不过过期艳遇之一种
我们裸体的灵魂结构一样
在人类的笼子外面散步
被深深的恐怖锁住评论的利齿
狰狞的乌托邦太老，无法以诗诅咒
放大的沙粒充满了我们的蜗牛宇宙

我们以黏液
以愤怒、以鬼火，在暴雨中抄经
只不过为了后人能在我们的碑上写下：

"他度过了干净的一生。"

2017.3.20致沃尔科特

愚人节

回忆起我荒诞的一生
恍惚间那些人事都和我无关
那些不平行的时空
那些回到原点不会撞到自己的滚球
树叶由黑暗组成，光蚕食死荫
煎蛋不圆，咖啡说谎，游戏的孩子突然痛哭
在那个海盐与热风筑就的游戏室里
那个最小的孩子，是死神

我们一拐一拐地装作乞丐
向我们曾经有过的幸福乞讨
幸福的暴雨，幸福的锡冠，幸福的血战
终于那遍地的玩笑像金色的矮人族牢牢地抓
　　住了我们

2017.4.1

三十三间堂遇菩萨海

一千菩萨堆叠的压强甚轻
如果我沉下去必不得上浮
第一千零一片，不拈的花瓣

但有一个悲伤的老妇挡住这海
她是树，擎住夜空
夜空上也是我，猛火缭绕

这大星是熊，躬耕着不毛之田
菩萨不负责任，倒用盐一遍遍洗刷
用霹雳一簇簇隐匿：尸首

如果我泅渡此阵生还必不是我
但猛火中一只细手稳稳拉开纸门
睡醒的小女在树荫下接引

2017.4.16京都

论完美

那个赤裸上身的男人
为什么站在一缕阳光中
站在立交桥的框架里，结构如此完美
但是已经和我无关
把他雕琢出来的手
和把我雕琢出来的手都消失在空气中
它们表示放弃，还有更重要的事要忙
像五十六亿年前的那次放弃一样
让我们和那独自完美的行星一样
但在纯黑当中，有另一颗星
偷偷掏出了相机
有那么多荒谬的无用的细节需要纪录吗？
有那么多生或死的肉体被千缕射线细心烹调
　　吗？
有那么多敞开了裂口的心脏需要用力缝合
　　吗？
哦，这条路也许不能去到任何地方
我的踌躇是我全部的勇气
在我路过的那些完美的劳工吐出的完美的烟
　　圈中
化为鲜嫩的乌有

2017.5.8–11

重庆，十一年后

我绕行在你的大城之边缘
尚未进入就已决然抽身离去
在重庆，连泪水都是麻辣的
连赋别曲都是错别字
连呵欠都镶着玻璃
连忏情书都押韵
那些上翘的尾音都说着下沉
哦，下沉，下沉
重庆，你那和一只老猫独居在李子坝的清瘦
　女子
她和她分居的丈夫现在怎么了？
那个被妹妹抛弃在朝天门的姐姐
那一江突然倒流的江水现在怎么了？
那突然红了，突然黑了的，
仅仅是暮色中的微尘而已吗？
昨晚的私宴上，某国领事握住了名媛的旧乳
我握住了邻座的我的新尸体

2017.5.14重庆机场、飞香港机上

蚁之诗

假如蚂蚁会写诗
将有多少诗篇书写它们的烈士
都是幽暗的火、冷冽的碑
抑扬顿挫的狂草、大醉
记述那些天意或者意外

牢狱或者病魔、毁谤
离散或者全灭的反抗小队
极黑的雪同样为它们落下
它们同样会用他、她、祂称呼
雪中僵立的塑像
相信塑像中也有黑血沸腾
甚至，它们会把盐、烟灰和杀虫剂误认为雪
扩充它们的隐喻以及结尾有力的一句。

然而人类不会在意，即便是最慈悲的人类
也不会读懂蚁的诗。

2017.6.28

其后，雨

在没遮拦的街道
在临时的屋宇
在未诞生的山岳
在停产的工业区
在首都，在边陲
雨不停地下着
把海带来
每一个人的肩上、胸前

渐渐地我们湿透
获得了浪花的咸和涩
习得了耸起或退却
但有一些零星的灰烬
它们在海水中叫喊
说要拥抱我们
要告诉我们
火的往事

远方的海就在这时裂开
像千具佛像
身上的纵横琴弦
被月光——捻起——
你已见过大海
你已经被海盐灼伤
你的手上有血
现在是弹奏它的时候了

在默默折合的伞下
在移动的广场
在萦回不绝的长河
在天文台与小酒馆
在故园，在异乡
雨不停地下着
把海带来
每一个人的耳畔、唇边

2017.7.16

在老黑山

满山石化的大海惊讶这一对父女
为他们驻足，瞬间获得远古的秩序。
在黑河远眺嫩江，
我们不得不放下手中兽骨
换成体内那一把
兽骨。
距离加格达奇三百公里
距离苏联不足三十载
我是娜杰日达，尚未生出奥西普：
丈夫、情人、父亲或者儿子。
如今拎着七十年代的暖水壶
游荡在冷泉疗养包治百病的中国梦中。

满山石化的玫瑰原谅这一对父女
她背负我，找不到我们离开的庞贝。

2017.8.23-24

磁共振机中回忆一场战役

在钝重的口弦奏响之前
骑者已经躺倒在冰河中

我骤然想起你的微笑
而不敢笑对同一具铁棺的四壁

四壁像追击的刀斧手围拢过来
你教我解甲，听肉身化蝶漕漕

骑者的双目已经畅饮他的死亡
但他的黑骏马哪里去了？

所有的风都应该敛翅造影
趁死亡在音乐停止的地方临镜卸妆

再拉开此匣时我已是一把马头琴
在夷平了的地狱上醉步踉跄地活着

2017.8.26

致月亮

身上满布时间的鞭痕
你却每一天都无情地新
无数月，永不相拥，洛丽塔。

戴单面眼镜的手淫者先老一步
大地平坦，风平行
海洋浑圆，方能一饮

万户孤独。飞箭旋入轨道
你是睡在箭上那美妇
醉吧，旧日酒适合引火
眼球深处有子夜航线数条
均不路过非洲。
地球死去，月亮苍蓝如初

2017.10.3

在深圳

2017年，深圳并没有比1987年更科幻。
夜车依然路过"锦绣中华"，
我们能说的话越来越少，开口就是锦绣
的针脚如麻。

我的胃里是未来的白酒：向内整肃自己
宿醉如努力。
拉开"世界之窗"，晨光如子夜般硬
而无用。你跃出窗的幻影已被格式化。

海景渐渐缩细成为1907年一条死去的河。
我爷爷的辫子在他父亲手里攥着。
我们能说的话越来越少，开口就是小人国
的盛世烟花。

2017.10.12

与

夜车高雄北上

大块灯火如割剩的田野
猛扔进中年的黑洞
呼吸寂静任由高铁的利轮碾磨
抱着女儿在每节车厢之间窥看
蹲地而睡的鬼魂是我
空置的电话亭里打不通电话的异客是我
在不存在的岔道口把快车扳到另一条铁轨的
野孩子是我
女儿，你快看，这都是日后你将爱上的人。
在左营没有上车，背着军刀苦苦寻找仇人的
老兵是我
大块灯火如熄灭的心脏
挥洒在蝙蝠群的艳舞中。

2017.11.18

感恩节

孩子，你的父母就是
餐桌上闪闪发亮的那只火鸡
那怎么办？

孩子，你的父母虚构了一张
圆形的餐桌，却没人围坐
那怎么办？

孩子，他们有一千种
吃掉你的方法
那怎么办？

我们只有一种升仙的方法
和印第安人的烟一样
在伤膝溪闪闪发亮

在这广袤大地上
被驱逐出境
把自己拔出玉米的坑

把小玉米的血舔干净
在黑色星期五
廉价卖掉

2017.11.24

在我们年华的荒野

在我们年华的荒野，
诸星游弋时，对我们的眷顾稍稍松懈，
我得以再度迷路回到威尔士的草丛中，
回到野兔敲击的电码中，
AI无法破译的，我在里面迷路
一如自觉的菩萨。
深爱着"深爱"二字
因为水光闪烁如蛇，
当我在下龙湾那只幽灵船上归来，
失陷的公路上我见到落跑的战士，
车灯照亮他的脸
让他成为一夜的闪电之神
享乐他的自戕。
我在那一线溪水中磨墨，
在茶屋里设床，光头的雪是我的客人，
我们并无做爱，仅仅说起她早逝的情人。
着蝉衣我们瑟瑟到泳池里过冬
直到和纸上的字一个个消融。

抹大拉徒唤基督，
热泪可以连成马戏团的走索，
你熟悉这长睫毛之间的温润，
葵芳工业区那些老得忘记了岁数的妇人
她们手中也并没有一个星际导航。
来，让我亲吻你莲花瓦中
精致的小骷髅。

2017.12.13

寒港

天气播报员死去以后
我们直接把道旁
不凋的树叶用人手摘掉。
汽车排队进入西九堆填。
沉默的气泡直接结冰
从报章的对话框上滚落
中环动物园、尖沙咀实验室
旺角殡仪馆和荃湾墓园……
"付丧神"必须要有这样的样子
香港的金骸骨耸起被吃剩的翅尖
带领我们百鬼夜行。

雪落在香港的脆皮上
也落在香港的五脏内。
劏房的窄棺、豪宅的骨灰瓮无一例外
都变成怀里的圣诞下雪水晶球。
下尽了，再颠倒，每一片雪花
都是一只被凌迟的乳猪的报复。
雪落在1842年衣衫单薄的蜑家女肩上
也落在2017年在Facebook
写下遗书的少年手上。
雪落在屠门的饕餮

也落在火海的鸥吻。

是寒冷在沸腾
洁白的胃、贡丸一般的眼球
生鱼片一般的梦都可以扔进这锅
寒港说吃我吃我。
茶壶中的爱丽丝是1997年
登船的英国女儿，落下的眼泪
确保了维多利亚港的盐度。
是寒冷在浓汤中沸腾，成一个笑话
嫖客们都死去以后
庙街的企街妈妈把V领再拉低一点
她还有七百万个孩子需要抚养。

2017.12.18

圣诞树的故事

太阳徘徊在旧工厦的头顶，
一个男人拉着一棵小圣诞树
走在长沙环道。
等绿灯的时候一恍惚
想起了三十年前母亲
不知从县城的哪个商店买到
一棵更小的圣诞树；
根据儿子看画报的描述
她还配上了彩色小灯泡，
照亮村屋最后一个冬天。

太阳徘徊在土路的两旁，
一个女人的自行车
载着一棵小圣诞树。
她不知道耶稣和玛丽亚，
直到六十岁。

她比她的儿子还要年轻，
在一九八七年
白霜在她坚硬的脸上随意涂抹，
她一瞬间想起了
十二年前的人民医院，
零下三度，薄被一张
包裹这即将分离的母子。

这一切和你无关，
也没有天使扑翼在云间。
一九七五年，三个博士
死在公社路口；
黄金、没药和乳香
在乌托邦的交易所节节上涨；
我们只有一棵圣诞树
没有约瑟或者别的木匠。
我们只有一棵圣诞树
荫蔽蚂蚁一样的母子。

2017.12.23

怀重看《星战：新希望》

千岁鹰
凌犯死星之际
闹钟响，蓝光碟暂停。
我陪儿子入睡
梦里沿绝地之刃攀缘
鹰的影子唤醒我
两条河同时流入一只手腕
双胁下潺潺———一座山辞行
在古代——光速人杀伐殆尽
无论躲在哪双沉默之唇
神总能找到并准确熄灭这一盏灯

无论那双唇拒绝还是接受一吻
我的守夜也不会再磨砺凯伯水晶
那些酒吧里崩溃着的外星人
分饰着我的穿帮
那沙海里剔透的巨骸独得最佳服装奖
那些弥散在等离子光束里的
克隆无名氏
戴着我的面具在好莱坞获得永生
那些《宇宙锋》荒腔走板
当时光如黑帝来袭
我成为我星舰上的祖先的替身
细辨厨房中蟑螂的性别
点数浴室中榕树的气根
把白旗上的黑骨灰吹干净
把剃下的白须屑收拢
倾倒回梦中沙坟
嘘——静极
有人为光剑寻找到我的血肉之桥。
蓝光碟悬空介错，投影机里
莉娅公主一再欠身
把乃兄拉回命运的小深潭

2017.12.28

母星

我们寻找一间停业的外星人博物馆
像两个贾木许电影里的角色
因为茧壳已经蜕尽
我们把乡音敛入旧翅

半夜在陌生旅馆醒来
寒意依旧是香港的寒意
胃里的爱玉冰化不掉

昨日的蛙兵在潜泳，匕首未收鞘

儿子的脚搁在我的肚子上
暖意也依旧是香港的暖意
夜抛弃我们如一只巨大的蝙蝠
我们不断上升，银河中一条倒淌的支流

徒然呼唤母星，我们心脏的特务
有人在游乐场一角的火炉涂鸦前面
聚拢了真实的火苗
发动简陋的飞船，我为复仇者引路

2018.1.27台中

重读《雷声与蝉鸣》

空寒的半个下午
都在翻捡故人的诗集
为了寻找一首两首
向北方的朋友讲述
你走前的五十年，此城静默
你走后的五年，雨水横流成火。
我再没有机会向你询问
那些暗路与山径向你问过的问题
工业区在颤抖，码头熄灭了灯
巨兽欢爱在深水的避风塘
只有一个逃学来抛石的男孩看见。
我们被异象掠过像遭一场台风打劫
我们从此不再书写异象
因为所有情书都是诀别的切结
在你归来的年纪，我收拾好了行李
但随便往背囊里放一首诗
都是锚，是使我无法离开的重量。

2017.2.1

重访艋舺

阿公，毋招我魂。
事实上我早已在清朝的一场地震
或者瘟疫中死去
于是所有矮窄昏暗的旅舍
都是我曾焚稿的病榻。
于是所有坚韧潮湿的阴道
都是我再生的杨桃树——
捕逃籔。

阿嬷，毋弃我船。
街角的女子沉默如山羊
长腿上的细纹流下一串银光
我跪下擦拭她们以莽葛之锋刃
而得以成为菩萨。
哦少年仔你在说什么？
你裆下的短刀割疼了巷里踉跄的风
哦阿爸你在说什么？

阿爸，你的刺青篡改了
杂种的死亡。
你的槟榔嚼碎了汉阳的枪托。
阿妹，我们可以一起变老了。

2018.2.8

第一章

烛龙

宇宙维系于我一人。
万古过去又来了一个万古。
黑暗像磐石压着我的心，
我多厌烦呀！
是什么使我安于如此的冥昭瞢暗？
庞大的身躯逶迤，不知其涯际，
双目突出，如乳钉。
体温已降至冰点，以致鼻翼中没有
任何呼吸煽动起穿越对流层的风。

"其为物，人面，蛇身，赤色。"
好吧，这就是我，
假寐着，在睡眠的黑洞边。
别问我不吃不喝到底为了什么，
我在集聚能量，在等待
一个赦令般突然发作的脉冲。

直到此刻，我的聋耳朵才
突然有了听力。一个声音说：
"是时候了！"
我决定去死。奇迹就是这样发生的：
噫呜啊，你的钟表开始嘀嗒了。
第一次，啊！唯一的一次
我睁开眼——光，
从未有过的光，

从黑曜岩的体内溢出瞳孔。
我的每一寸肝肠都发生了大爆炸。
请你们按住耳朵，准备好启筮。
我，烛龙，乐于死去，
在我陨落的地方升起了
无数胞囊般的星辰。

羲和

只有我记得创世的第一日，
第一个早晨。一派氤氲中醒来，
我怀想起一只燕子，两腮不觉着红。
是谁派遣了那牵引春潮的羽翅，
打开我的器官，一遍遍嬉戏
我丰饶的血液。
如此仇恨在我的腑脏里烧灼，
我要逃脱！

天帝啊，请停下野蛮的动作，
收回你的承诺。
我宁愿做一株蓍草
也不想被设计成如此高大而美，
好让乔装打扮的诡计
用所向披靡的神力，
在我身上撩拨起不洁的淫乐。

"嗌"——它擦身而过
并抛下一串志得意满的口哨。
一股元气在我里面化开，
使我几乎休克。
扶桑，快扶住我！
我湫隘的子宫太局限，
受不了那火球的拳打脚踢，
我感觉自己马上就要临盆了。

太阳们

合唱：大明不出，万物咸覩。

我们太阳，帝俊之子，不多不少，
天干之数，对应着下界的十巫。
那里的万国，神人杂糅，无法区分彼此，
我们投下的光线均匀地流布，
连阴影也温柔如梦。
扶桑之上有我们至福的吊床，
风不知道自己是飞廉，从沸腾的汤谷吹来，
木叶叮咚，彼此拨弄出玉磬的和声。
天父引出太初与太素：一切的开端，
时序那周而复始的美画出一个天道的圆。
鸟得而非，鱼得而游，兽得而走。
虎豹熊罴是我们的朋友，掌管着人间的事
　　物，
而我们有分寸的燃烧乃是宇宙的尺度。
甘渊那蜜甜的水将我们沐浴，
使我们永远保持着旺盛的精力。
望着无忧的兄弟们嬉戏打闹，
那神圣的母亲心生欢喜，
并由衷赞美开辟以来
这万有之东扶疏的春意。
当戴着金乌面具的车夫备好了悬车，
居上的一个便从最高枝冉冉升起。
于是，母亲亲吻了那张俊美的脸，
护送自己的娇儿，值班的神驶过天庭。

合唱：空桑之苍苍，八极之既张，
时乘六龙兮旦复旦。

夸父

而我依旧是那个被讥屑的人。
当我的同胞在涿鹿之野
与黄帝作战，
大能的蚩尤降下风伯、雨师，
而那秃头女魃用血盆大口，
吸干了地上的每一滴水。
可怜的叛逆者被戴上桎梏，
塑造成长着肉翅的饕餮，
永久地背上了骂名。

我厌恶杀戮，因而选择了流亡，
一个人上路，这可不是什么浪漫。
太阳把我烤得焦黄，
我的耳坠，那两条金蛇
在我绝望时
用蛇信摩挲我的两鬓，
舔舐我大汗淋漓的眼袋。
一路西行，我踉跄着，
再也不是巨人族威严的酋长。

要是我有神鼍的八条腿就好了！
在曲阿，在衡阳，在昆吾，在鸟次，
太阳越想把我甩下，
我就跟得越紧。
踏着云的风火轮，我的影子
穿越后土的广袤国度。
我的乡愁长成那里的每一棵树，
而每一条河都流着我的渴。

也许我不过是一只飞蛾，
被驱光的本能所召唤，
被意志选中只为了代表血的牺牲。
近了，近了，只差一步
我就跨进了太阳，

却被火球的一亿只手抛了下来。
大泽，别为我淬火，
我可不是铁，我的手杖
如果会开花，就也能避邪。

共工

我的红头发是一座火焰山，
骨髓是它烧不完的燃料。
我叫康回，他们却送我穷奇的绰号，
我知道那是怯懦者对我的诅咒。
我是一个神，他们从不给我神的名分，
他们靠我的粪便活着，其乐陶陶，
以为能活上八千岁。呸！
只有一天光阴的蜉蝣都比他们光彩。
我在雷泽里翻一个身，
不知要碾碎多少鱼鳖的无稽之谈。
想在我的肚皮上击鼓吗？
想听歌舞升平的音乐吗？
你们积攒了太多的耳垢，
该我的响雷给你们洗洗耳朵了。
我的头盖骨朝不周山轻轻一触，
你们的天柱竟然枯萎如水银泻地。
告诉你吧颛顼，呸！
全世界的洪水都不够发泄我的愤怒。

葫芦之歌

伏 羲：被剩下的，唯一的葫芦，
在空空如也的枝叶间。
星星吊死在上面。
无影，无声，壮如牛的不死树，

我骑着它降落。

我摘下唯一的那个葫芦，

这浑圆，孤零零的东西，

有一个肚脐形状的蒂，可做浮标，

与我们缔结了生死契。

妹妹，四极废，九州裂，什么也抓不住，

请攀住我的手，请对着青烟起誓。

看，两股青烟合成了一股，

让我们住进这密封舱的里面，

你献出子宫，我献出精液。

让我在你身上撞击出一个蜜夜，

一粒种子越过劫波，睡入

你匏瓜般多囊的身体。

女娲：绵绵瓜瓞，我与人类的联结。

我的肠流得满地都是，

我捂住肚子，捂住痛，对抗着毁灭。

这无限的藤蔓将我的能量输送到天涯海角，

输送到你——我每日七十化的变体。

我的血将教会你喝，教会你语言，

你小小的眼睛将转动，看见一个

破碎后刚刚修复的世界。

脑浆将在你的头颅里奔涌

催开一朵花，叫醒一只蝴蝶的电流。

你将站立起来，以手打天，

敲打石头，直到它永不坠落。

哥哥，你要原谅我的羞怯，

自从有了初夜就有了一切。

小时候我玩过造人的游戏，

将泥土抟成人形，向鼻孔吹气。

直到你耕耘了我，我才知道破瓜的寓意。

如果你是一，我愿意是多，

如果你是强盗，我就是向你敞开的门。

大禹

在所有的出生中只有我的最蹊跷。

我没有父母，我是石头的儿子，空气的儿
  子，

洪水对我怀有敌意，想一口吞掉我。

到底是谁将惩罚施予大地，以至于

一朵花的开放都受到禁止。

到处是堆积如山的死者，他们的眼睛

盯着我，责怪我的姗姗来迟。

啊，即使我能召唤来众神又如何？

瘸着腿，站在高处，满目疮痍中

也等不来逍遥的防风氏。

他们肥胖的头脑里塞满了民脂民膏

和瘟疫般扩散的自我。可怜！可恶！

用他们的一根懒骨头准能筑起一段防洪堤。

天地不仁，派给我重整乾坤的角色，

这导川夷岳的工程看都看不见尽期。

三十岁了，当别人在社交场合卖弄风情，

我依旧是一个光棍，躺在帐篷里

听蟋蟀的口技，听着，听着就睡着了。

有时我在晓梦中勃起，

一只雪白的九尾狐闪了出去。

精灵，我对你做了什么？

虹，你为什么含着泪水，如此短暂，

为我搭起幸福之门又随即拆毁？

这样也许是好的，做一个家庭的白痴，

哄孩子，招猫逗犬，不适合于我，

而我的心只铭记着九州尚未平定的水土，

得凿通龙关，命名百川，得把脚印留在大
  越，

在茅山召开众神会议。最要紧的，

是把难民安置在安全地带，

教他们别相信腥臭的血可以做肥料的鬼话。

我杀了他，凡阻挠天道的必遭报应！

土伯，滚回你的幽都去，别再勾引善良的魂

魄，
无支祁，我要将你锁在龟山脚下，
让你看着淮水近在咫尺，却休想喝上一口。
我知道重建人与神的通途是不可能的，
残暴的五刑使人民噤若寒蝉，
神的苗裔却已堕落成痫鬼，在人间传播恐
　　惧。
地不足东南，息壤终将耗尽，
应龙在前面越走越远了。
它用尾巴在地上画下的是河图吗？
庚辰，请把我的咒语重复一万遍，
请把你的戟刺进黑暗，
我迷了路，我什么也看不见。

涂山氏

众女：婉兮娈兮，候人兮猗！

在会稽之南山我喷薄而起，
斜倚着雨后初晴的朝阳，
我的心颤抖着，支配不了身体。

鹈鹕在梁上呼唤着另一只鹈鹕，
它的唾沫已干，不见圆圆的红昧
衔来泌水的鱼为它充饥。

我全部的水珠也将要耗尽，
太阳越来越烈，将要照出我的原形。
一世过去了，我还能再活几世？

不管你多么善变，我都认得你。
别，别再行水去危险的南方，
给我一天，我要把你淹没在我里面。

哪怕只给我十分钟，一秒钟。
大禹，我知道你看见了美人虹，
洪水滔天，撼不动你和我的密宫。

众女：九尾庞庞，万舞洋洋！

竖亥

走过了多少山川，蓬头垢面，
像个苦行头陀，乞食于寻常巷陌，
在歧路上叩问浮云的遗址。

什么样的天谴让我双脚浮肿，
从极地到极地，继续这流浪，
忍受着祸斗喷出的火，蜮射出的水弩，
血液的狂澜时冷时热。
没有水平仪和指南针，
却要将整个大地装入坤舆图中。
谁若看见我"左手把箅，右手指青丘北"，
谁就知道我有多邋遢，多笨拙。

贰负之臣披着长发，
双手被反捆在背后，骂骂咧咧。
他犯了什么天条？我是否该将他解救？
如果魃武罗愿将她的快活分一半给我，
我就请求让我留在水渚旁，
加入看管蜗牛的行列。
为何长臂人见到我就仰头大笑？
他们会不会抱住我，用长嘴唇舔我？

我熟悉恐惧，但我还不能死
就当我是一个逃荒者吧。
在巨人国无敌的大船上，
我亲眼见到大壑以东的沃焦，

羿射落的太阳像搁浅的座头鲸，
喘着粗气，大海也扑灭不了的火焰
使半个天空都在燃烧。
而在终北，在永夜的羽山，
鲧拒绝腐烂的尸体裸露在冰床上，
像一盏灯，照亮咫尺之遥
那伟大的小偷从天上偷来的息壤，
它填平别人的沟壑，
却盖不住自己的双脚。

呜呼！我到底该哀悼还是去控诉？
大洪水已经退去，共工
也已流放幽州，为何不周山
还在我的头上轰鸣，轰鸣？
木魅、水灵、山妖、石怪，

轮番出没，用鬼脸吓唬我。
我将它们分门别类，
一一收录在我的辞典里。

涉过黑水，我深入幽都的最底层，
并测量了它的深度。
我经历的恐怖使我
返回地面时几乎成了哑巴。
而就在它的门楣下，我看见对面
那祥云笼罩的昆仑虚，
我知道我永远到不了那里，
我的德行只允许我在此停步。
满葫芦的弱水是对我的最高奖赏，
于是我把箅对准太阳的光线，
记下那山的高度。

群巫的话

巫咸：我知道不久将有一场恶战。
泰逢隐于和山，凤凰隐于丹穴。
我已看见手操矛和盾的无头族
纷纷降落下来。

巫即：修辞成灾，无处不是江湖，
反舌国里飞来飞去的只有犬儒。
黑肉从北方来，如长着小眼睛的视肉，
割下一片就长出一片，快过我预言的速度。

巫盼：我不知什么是征兆，
我只会疯疯癫癫地跳舞。
左旋，右旋，左旋，
过去和未来都不能阻挡我的禹步。

巫彭：大圆在上，大矩在下。
我在密室里揲蓍布卦，
颠倒错综的无非是大衍之数。
我不敬王者，但王者必问道于我，
一爻动，看，采女的辒辌来了。

巫姑：一些人死后化为鱼，
一些人死后化为熊。
鲧，你将复活！
我的吴刀触到了你的尸体，
我为你接生了大禹。

巫真：假尔泰，筮有常。
问卜者为何心中觳觫？
眉间尺早已在他梦里飞伏。

巫礼：我踩到了老虎的尾巴，它却不咬我，
即使凶残的梼杌闯进来，我也能治服它。
那像窦窌一样无辜的人何止千万，

只要你一息尚存，保有真气，
我的玉膏就能愈合你的伤口。

巫抵：见到八条腿、两个头的神怪，你的国
家将有兵燹；
见到长得像狐狸的獭獭，天下将要大旱；
见到胜遇兽，你居住的城市将发大水；
见到毕方鸟，你的房屋将着火。

巫谢：别哭，孩子！
快躲进柜子里。
别让鬼车的脏血
沾上你的衣服。

巫罗：我实在告诉你们：自从重和黎
将天地无限地分离，再没有一架
建木做的天梯，在众目睽睽之下
好让我们爬上去，消失在云端，
好让你们鹅一般昂着头，
等天瑞落进张大的嘴。
六神无主的人啊，你们好自为之吧！

第二章

羿

一

人间只有沉沦，因而我
渴望回到天庭。
我不是英雄，在家眷眼里
我或许更像个浪人。

关于我的谣言比封豨的唾沫还多，
比凿齿的牙印还深。
对不起了，河伯，
我射瞎你的左眼，
不是为了你美丽的妻子，
而是为了那些被献祭的童女们。
你该尝尝血腥的滋味！
剩下的那只眼也闭起吧，
直到浑浊的河水变清。

二

十日并出，啊！何等的恐怖！
它们失去分寸，跑出了自己的轨道，
它们把天空当作马戏团，
玩着狮子跳火圈的游戏。
这些曾经那么可爱的毛茸茸的东西
为什么摇身变为一群恶少？
撕碎了引力波和小行星的胚胎。
火舌触到谁，谁就成焦土，
大地如炼狱，连河床都在燃烧。
可怜的女丑，我看见她站在秃山上，
举起双手，我听见她嘴里咕哝着
某个献给上帝的计策。
万民在哭泣，在等待一场
憋在远方，梅子般解渴的雨。
女丑，你不必以袂掩面，你救不了这个世
　　界，
在你身边该羞愧的是姗姗来迟的我。
毒太阳，你们闯祸！
本是凤凰却要扮演乌鸦的角色。
弦在我的扳指上一松，看，
箭射了出去。

三

我越来越苦闷，不知何时起
我被换了血，拖着沉重的肉躯
躺在草丛里，蚂蚁也不来亲近我。
九婴的尸体漂在凶水之上，我闻得到
它的恶臭，而在寿华之野，
齿凿的牙咬着它的盾，不肯松开。
什么样的原欲在修蛇的近视眼里瞪着，
让大象不寒而栗。
哦，我厌倦了这淫游，这逸猎。
封豨的蒸肉天帝不尚飨，
难道我夺走他的九个不肖子的命
令他龙颜不悦？难道他后悔于
那至高的命令而要取消我的神性？
已甚，殆也！我宁与断发的越人鬼混，
也不想听嫦娥从早到晚的哀怨。

四

西王母，我请求你！
在上的漠不关心生者的短暂，
跂踵的继续跂踵，百艰只能抱着困厄，
抱着死，睡入永夜。
我请求你派遣三青鸟
到下界去看看。
疫疬已蔓延到三危山下，
枯骨堆高过了城阙。
是的，白云在天，山陵自出，
唯有我能飞渡千山来到你的面前。
来，让我们谈谈那些阻隔，那些恨，
在人满为患的幽都里，
敦脄伸长血拇，互相撕咬，追逐，
多少亡灵在等待你玉手的超度。
再见了，西王母。
你给了我不死的配方，

但我知道我只有一种结局。

五

我死了吗？昼寂包围了我，
唯一的太阳吸着我的血。
有黄，你的预言应验了，
嫦娥，我看见你升天。
翩翩归妹呀，独将西行，
遇到坏天气不要惊慌。
我肝脑涂地，嫉妒的桃棓
给了我重重的一击。

干戚舞

身首异处对你们而言是惊悚，
对于我却是激情与加倍的礼赞。
我那硬得像一颗陨石的头颅，
因为思乡而回到了故里。
常羊山啊，请接纳它如那位圣婴！
万世之后，将有人前来考古，
击釜般轻扣我浑圆如穹庐的顶盖。
他或将听见《扶犁》与《丰年》
——我为神农制作的田园歌诗，
从头骨乐器里轻飏而出，
南风般将北国吹遍。
哦，为了那一天，我必须铭记
此刻，因为此刻乃是血流漂杵，
是寸步不让的干戚舞。
嗷嗨，舞起来，方盾与大斧，
嗷嗨，舞起来，日月与星辰。
我的躯干鼓胀起十二座山的力量，
五脏听从心跳实现了总动员。
我的肚脐呼吸着，乳突目空一切。

我，刑天，一个非人，站在这里，
我的脚已经生根。

船夫唱给誓鸟的歌

但愿精卫不死，但愿它燕子般的
轻盈体态擦过船头时，
羽翼不沾上一滴水。

她那少女的眼睛里含着哀怨，
在多少个晨昏望穿了秋水，
厕身于东海的滚滚波涛上空。

美丽的冤禽，不辞辛劳者，
规划着亘古未有的浩大工程，
口衔徒然的细石与微木。

她的誓言在人间流传了多少世纪？
任潮涨潮落，人与鱼鳖沉浮，
下面兀立着毫不退让的深渊。

看她亲人般飞翔在我们周围，
骄傲如旗帜，锐利如神的剪刀，
剪断禺虢的怒髭，引导我们前行。

嫦娥致诗人

深夜里，我点燃自己照亮天心。
皓月的秋千已经荡起，
马上要将我抛出去了。
我，魂魄荧荧，
丰沛如一只眉毛细长的秋虫。

我的蛾子脸
照见清癯的你、狂狷的你，
也照见万古愁。

我唯一的事情是瞻眺。
多少天涯隔绝的人等待我，
用簌簌而下的桂花向他们耳语。
情人们指着我起誓，
苦役犯在天山下祈祷：
"女神啊，今夜请抱着我入眠吧！
一生中有一次
在你的不朽中焚烧，
我就可以去死。"

诗人，我的知音，我的兄弟，
只有你知道，
我寄居在另一个星球已经太久。
永恒压得我心口疼痛，
当你赞美着友谊、睡眠与团圆，
雷鸣那吴刚沉闷的砍伐声
只助长我的孤独。

快唤醒酩酊的大羿，
让他去请求西王母，
用一剂解药恢复我的真身吧！
夜啊，请帮助你的姐妹，
让秋千再靠近地球一点，
我要攀住那射手的双肩。

大章

夔仿山川溪谷之音，作乐《大章》，天下大
和。
——《帝王世纪集校》

东海将青碧的流波山摄入它的镜面，
波浪间，女巫骑着人鱼快活地游行。
岱舆与员峤，冥冥渺渺的午梦，
向求永生者发出诱惑的灵光。
眼看要到了，忽然又远了一程。
大海，啊归墟！深如一口不见底的水井，
我俯身在你上面看见自己山魈的脸
和一对只会招风的讨人厌的耳朵。
尧命令我典乐，我却终日沉默，
在千丈瀑布下方，临流枯坐，
沉思着注焉而不满的玄理。
听不见天体的清商我心伤悲，
我行吟的形象多寂寞，多憔悴。

我知道我祖先的皮曾被剥下制成鼓，
骨头被用作鼓槌猛击，声音震响五百里，
九州之内的敌人无不惊惶悚惕。
而我，乐师，幸存者，已修成一曲。
天地之间我用一只脚站立，故我升起
如一棵树，唯一的树。
我呼唤起大海，呼唤起巨灵，
我体内的一切纤维和血管迸裂。
听！你们要听！我推翻了古老的律吕，
我的音乐将把你们耳朵里的尘垢剃净。
百鸟朝我飞来，在我的身上筑巢，
野兽们停止格斗，在魔法中静立着，
石头乱飞，但不会击中任何人。

隐飞

我抓住了皇后！
——马拉美《牧神的午后》

一

幽密的池塘，闪亮的黑手镯，
风挑逗着我们的发丝和腋窝。
白昼让我们害怕，因而我们假死，
在夜的庇护下我们体温升高，血液复活。

姐妹们翩然落下，轻盈如月，嬉闹着
脱去羽衣，袒露出天女的真容。
我们以玉为食，肌肤也晶莹如玉，
从未有人的目光配得上神的福气。

水波不兴，化合着皓月之精，
我们的长发飘在水面如香兰与郁蕙。
吸入的直抵脾脏，吐出的是元气，
让开败的又婀娜于遥远的星际。

不要怪我们逃避着人类。他们
太挥霍，太会繁殖，却不懂得哺育。
待沐浴完毕，我们将潜入夜色，
掠走白胖胖的婴儿，教他们神一样勃起。

二

那是什么人？躲在芦苇丛中，
参差的心跳扰乱了夜的秩序。
他瘫软在筋骨上面，只剩下红眼睛
做着一个偷天换日的淫梦。

你，冒失鬼！滚回你的茅屋里，
跪在灯下，默祷蓐收保佑你今年的收成，
或到你的田畴上去，咀嚼谷粒，
反刍劳顿之后酸涩的狂喜。

你若是不听，我们就将你当作疫鬼来驱赶。
穷奇会化身蛊虫，咬你的鼻子，

咬你的肝肠，直到你的欲火熄灭，
幡然悔悟，日出时走向一个农夫的正业。

呀！你难道是吃了豹子胆？
什么妖孽使愚蠢的灵魂突然施起诡计，
使我的咒语失灵？闪电的探照灯站在他身
 后，
照亮我的耻辱，我真想自毁于无地。

三

姐妹们穿上美丽的羽衣，
掠过树梢，在天上围成圈，回望
那惊魂未定的所在。她们抛下我，
怎么忍心，我瑟瑟发抖的伶仃。

他扛着我像扛着一具尸体，
那莽汉，死鬼，喘着粗气狂奔。
我咬紧牙关，目光却四下搜寻
我那被盗的羽衣，我的护身符。

池塘已恢复平静，几颗灾星
见死不救，佯装不知夜幕下的动静。
我欲生不能，欲死也不能，
夜啊夜，冷酷如一座坟茔。

我挣扎着昏厥过去，不知过了多久，
一天？一年？一个被梦见的未来？
那豫章男子推门进屋，举止焕然一新：
"夫人，请用膳，请接受我的膜拜！"

帝台之浆

云光交织，缝合着天上的缝隙，

那里有一条高泉不知从何处渗漏，
这亘古的涌动，浪费着万古愁。

树枝逍遥，花朵迷醉而沉重，
大自然将一个气象密藏于袖子中，
七星如斗，舀不起它的一滴真如。

从未有人在那皎镜中被幸福淹没，
从未有过一个修远，捂住心痛，
喝下热泪，如喝下壮烈的苦胆。

白泽兽

天下无道也久矣！鬼魅呼号，
黄帝的四张脸太丑，镇不住四方。
夜游神举着手，走过世界之夜半，
红肩膀筑起的人墙也不能将黑暗阻挡。
灭蒙鸟不至，雒棠树等来的是天斧，
人民宁愿裸体，也不想裹它的皮。
这些巧妙的避世者，我的老师，
深谙什么是危险，羚羊挂角，
即使踏在雪地上也不留行迹。
彗出柳度，鲸死浊浪，感应又一次
撼动了乡关。你为什么还不愤怒？

天下无道也久矣！圣代不立，
五彩的石棋移出了神布列的星局。
天犬狂吠，滑裹的声音可以伐木，
那巙鬣与人的混血儿爬出洞穴，
每伸一个懒腰，就有一排连枷倒下。
我不是神茶或郁垒，我不会捉鬼，
但我的火眼金睛是天生的。
画师，考验你技艺的时候到了，
鬼者，归也，将借你的腕力现形。

《读诗》长调

028

当黄帝大合鬼神于西泰山之巅，
我献上的是一部恐怖百科全书。

蓐收

白虎齱齺的丹青条纹映照广袤的西方，
稔秋的黄金已经在星辰与谷粒中沉淀。
像个百夫长，我照看落日从泑山坠沉，
牛羊下来，鸡入于埘，野老濯于井泉。
晚霞令我怅惘，漠不关心物候的短暂，
当天际一闪，我一日的望气业已完成。

我不是司命，我不收割无辜者的死亡，
我手里拿的是钺，而非月牙形的镰刀。
倚着若木，我瞥见四处被遗弃的刍狗，
而巫祝们已结束祈雨，回去研读月令，
或为一个昏君释梦。那昏君不信天罚，
他梦见一个亡国梦，却命举国来欢庆。

昆仑
——仿卡瓦菲斯

所有的高山是同一座昆仑，
唯有一座其气魄魄，其光熊熊。
如果你动身前往，必须带上
足够的耐心，足够的胆魄。
如果没有羿的身手，你将像杨朱那样哭穷
　　途，
因为通往昆仑的每一条路，都将把你引向别
　　处。
百兽叫嚣乎东西，豗突乎南北，
好让你学会迷路的艺术，

好让你懂得什么是诱惑。
那座山远在西海流沙，高二千五百里，
也许用一生的时间你也走不到山下，
况且你不是穆天子，没有侍从
浩浩荡荡地跟随你，西王母也不会
为你设宴，用仙桃款待你。
那里万物悉备，应有尽有，
生长着不死之树，玲珑的玉树，
神秘的圣木曼兑，闻所未闻的瑶树、琅玕。
悬圃的规模连巴比伦的空中花园都相形见
　　绌，
九重增城也高过巴别塔，直抵天穹，
四百四十条幽径组成的迷宫你将走不出来，
除非有青鸟做你的向导，
除非你身上佩戴着迷谷。
如果你从南方来，途经招摇山，
请多多采撷祝余，这样你就不会饥饿。
听见蜀鹿的歌声不要停留，
见到鹞鸟不要奇怪，因为新的放逐已经开
　　始。
如果你从北方来，山朝你大笑，你要快跑，
因为你若不被石头击中，就将被大风刮倒。
猰貐和狍鸮会吃人，耳鼠和肥遗蛇会飞，
足智多谋，你就不会遭逢那些不祥之物。
如果你从东方来，别往姑射山去，
因为你还不到成仙的时候。
獦狚和辄雀将考验你的胆识，
合窳会用婴儿的哭声诱惑你。
如果你从西方来，别让熟湖将你抱举，
那样你将失去力量。尘劳使你睡不安稳，
申遗鱼的肉有奇效，你要自己去浼水中捕
　　捞，
但欢乐的鸺鸐鸟却不可射杀。
更多的奇境等着你去发现，
所有的羞辱都为了成就一个瞬息。
当你登上槐江山，从高处瞭望，

那时你将一饱眼福，你已经练就了千里眼，
无形中你的身体也已金刚不坏，不逢不若。
如果你愿意，整个乐园将向你敞开：
炎火山的烈焰不会烧着你的一根头发，
不胜鸿毛的弱水会为你让开一条道。
"鸧兮鸧兮，逆毛衰兮"，只要你牢记那咒
　语，
九个头的开明兽将为你打开九座城门，
而明察秋毫的离朱将同时睁开六只眼睛，
指给你看他日夜守护的玄珠树。
那黄帝在赤水遗失的，象罔找到了。
而你就是象罔，那无所用心的人，
那万里挑一，梦入帝乡的人。
现在你可以死了，你的灵魂已经超升。

她颂

金黄的老虎

1

"我巴蜀多有冷雨斜织"
那里的男子沉浸于阴郁时
会有少年面目显露
而女子，眼眸里会有一层云翳
初看像早春的寒意
当然，她若微笑
瞬间就散出正午的煦暖
街道两旁都是树
枝上都开着花
白皙，芳香
露珠淋淋
她在柜台后面坐着
昏暗的光线下

她落寞地打着呵欠
"那时的我，多么渴想着
把她唤出来
和她站在树下
面对面说一会儿话
等她通红了脸
低下头去
我就把信件递过去……"

2

白脸庞上的绯红
是肉身盛开的一朵苏醒

清新，有股初夏雨水般的甜美
鼓舞着人心
人心就会像树叶一样蓬勃生长
没有谁在意树叶
在将来，在最后会枯黄
会落在沟渠里腐烂掉
运气很重要
兴许会有牧童
摘下一片
将它夹藏在经典的书页中

3

这世界的每一道欢愉
都得自细小的事物
合适的时机里
她就是这一个世界
太阳在她那里
月亮也在那里
光线在她手中
黑暗在她的体内
诸色在她眼里
音调在她喉嗓
她决定这个世界
只凭她的高兴
多么好哦……
她把它打开
可她却对它一无所知
这娴静的人，懵懂得熠熠生辉

4

镜子是她的宝器
时空交错的小径上
她矜持的步调突然没了拘束
在那明亮的空间
她的素手编织着乌青的发辫
发髻的肥美
颈项的蜜白
它们越是沉思越像不可抑制的欢悦
她有鲜艳夺目的嘴
唇间，流淌着华丽的呼哨

5

音乐可以描绘
图画也可以勾勒
她的顿足
（后来再也不曾见识过忄急的可爱）
她的一言不发
她的翩翩舞蹈
甚至她眉眸间的意志
然而她天秤座的气息呢
用什么来重现
让它推动男子的孤寂
让它进入漆黑的夜晚
让它在忽然春暖花开的梦里
化为羞拒的身姿

6

她的微笑闪着光芒

她的泪花开在上面
唉，她倚重了太多的忧郁
何时她的温婉才能显露
在河流边做回牧女的自己
何人才能领略她的狡黠
她果然能扭捏做作起来
一面相信，一面狐疑
朝如白露莹莹
暮似归鸟喳喳

7

天风任意吹拂
而她在暮色下凝神静听
"应和那个男子"这道心思
将掌管她的心跳和血脉
同时，流星划过夜空的消逝
将把惊惧混合进她的神经
"一切都不能永存……"
她的欢乐拨开她的愁苦
匆匆潜行
这庄严的人儿，我永远在回想她
走入暮色沉沉的庭院的样子

8

相互倾慕的日常
睚眦必报的日常
都有一个独自向隅的背影
它们是一幕幕恼人的戏剧
在此次的诗歌里尽量从略吧

9

从来没有这样一只云雀
射入天穹，再也不用飞回
但你却再也不会见到这只云雀
所以定时祈祷是献给她
一生之中，她只远距离
投来过一次光辉的一瞥
然而岁月却从不消耗它
把它保存得完美无缺
如果再没有其他任何神迹来干扰结果
那么"永不"，将助你登上一个雪峰
那里人迹罕至，银装素裹，空气凛冽
  "Veni, vidi即可
去准备衰老和死亡吧
不要再给我们
搞一个贝亚德丽采来
劳拉也不要"

10

颓唐的时刻过去多年了
它再也不会来临……

曼德拉山秘咒

古马

骑马者

人的坐骑
飞奔的影子
在太阳之上
不饥不渴
所向无黑夜

北山羊

北山
山更北
更厉害的夹子

是另一只北山羊

更温柔的陷阱是它
绝壁峭岭之上深情的叫唤

陷阱

旷日持久的绝望
使它转而去望山间的野花

红的黄的蓝的
那些细碎之美的光芒
收敛进它的视野

它浑然不觉
正是那盈盈的光芒
把野兽的蹄足永远挡在了初心之外

逝者

骑马的人慢些
走过的北山羊慢些
慢些从逝者身旁经过

他的身体已经和大地平行
已经和老鹰的翅膀一样平行

老鹰快些
快来将他带走
让他的灵魂
和天空齐平

弓箭手

要挽太阳的高弓
要射兽走的火球
要放过鹿羔吮奶的母亲
难产而死的母驼
遗留的驼羔
要用羊奶喂大
帐房前后养老送终

箭头夜鸣
青铜吼
豹皮箭壶悬挂帐中

套羊

羊呵
度过了春乏时进入我的圈套吧
膘肥体壮时进入我的圈套吧
雄性的犄角撞退情敌
交配过七十二次后再进入我的圈套吧
年老体弱走投无路再进入我的圈套吧

羊呵羊呵
绕过了今天
绕过了明天
后天一定要来呵
快点来进入我的套圈吧

打坐者

坐太久了
晃晃左右肩膀
伸伸腿吧
让夏日当午
趴在你藏身趺坐的那块大石头上晒太阳的蜥
　蜴
感觉到寂静的胎动

帐篷

黄铜马勺
流星带去西山
西山有泉
你怎知那落叶的泉水
有乌日图道忧伤的味道

你怎知山前留一顶孤帐篷
大雪下埋一根锁阳
它不是我的搅奶杵
它不是我的拴马桩

鹰

东方未明
鹰的翅膀
把地狱的门打开了

黄鼠狼在洞口
用一把小刀
在遗弃的羊骨上刻着毒咒

东方即白
鹰的翅膀
把天堂的门打开了

丹霞的峰峦散开骆驼
在荒凉戈壁的腹地
一辆探险的越野吉普在颠簸中挺进

注：乌日图道，即蒙古长调

咤明石

西夏大马
横行天下

党项人席卷过的戈壁
落日圆寂
只有风
只有大小横吹埙篪笮箫
犹在呜呜吹奏

一二三四五
咤明不见你

舞者

羊的奶水星星一样稠呀
红玛瑙的沁色
不及今年奶皮的油厚

胡腾儿
大地驼皮鼓
击鼓的双脚已经忘情
已经忘了阿拉善的哪一颗星星是羊圈的豁口

大雪还没封山
大雪封山也不封苍狼之口

盘羊快

扯它后腿的影子
重似铁石
也扯不住了啊
盘羊飞快
要飞出它身体

盘羊啊

我脚踩日月也撵不上它了
双手风火轮也撵不上它了

在我牙齿掉光之前
哪里有盘羊撂开死亡
安放雪地的那一对弯弯粗壮的犄角呢

栅栏

雪花飘飘的草场上
来一只乌鸦
跳一跳

一跳一跳
端她银碗
端上栅栏
端进你心里

她银碗里有热滚的羊奶
香气四溢
她两排肋巴不能够禁止
你肋巴两排也禁止不住

来一场雪
黄昏白瞎了
栅栏白瞎了

塔

要托塔走走
四处走走
塔里的舍利不多了

要分给骑马寻亲的人一粒
要分给修造车轮的人一粒
要分给打猎祭日的人一粒
要分给九次放过乳头显露的母兽的猎人一粒

塔里的舍利不多了
要转动塔身
八面粘上阳光

玛瑙风铃
红又脆

山歌

山之阳
道阻且长
骑马追风
跨鹿打雁

野骆驼
红柳的沙丘连夜搬走了
羚羊惊
把沙葱的细腰登时掠飞了

山之阳
道阻且跻
骑马跨鹿
有说有笑

吐蕃人中有商量
前尘往事无你我

山之阴
道阻且右

南雁北归
冬春并辔

你我左右
要同行三日
左右为你
我要大醉一场

展开歌喉
流水穿沙穿透我心
铺开围巾
白雪清白清到野坡

白马歌

红柳夜里很柔
夜里去找她吧

流沙暗合
合她脚下
最红的红柳在苏亥赛
最硬的石头在曼德拉

红柳摇曳
白马入夜
最快的马在心里
最忧伤的歌在蒙古

红柳摇曳
和她着火
死亡在前面望着你
苦难在后面跟着你

红柳超度

白马无迹
白天等不到夜里
白天去找她吧

无题

别转过身去
别扭过头去
我要对你说
我们还年轻
我们的腰自是那
捕获星星和黄羊的秘密陷阱

我要对你说
躺下互为道路
行走互为佑护

收获
每一日
每一时

悬崖顶上的白马

悬崖顶上的白马
天亮的时候
它看见了夏拉木
它看见希博图岩缝里的青草了

它看得那么专心那么远
都听不见崖下我们难过地说话了
我们说昨夜难产
一只不到两岁的小狗儿羊水破了

头胎憋死二胎嘴巴粘连也救活不了
活下的两只母崽头几天要靠羊奶喂养
我们如此难过
说助产巫师用烧红过的针把剖开的母腹缝合
　　了
神佛保佑
让九死一生的母亲恢复元气奶水充盈吧
让她回头舔舐拱奶的幼崽
让那两个毛茸茸的小家伙尽早睁开眼睛
跟她到阳光地里尽情玩耍

我们从半夜说到天亮
我们是一个男人和两个女人
或者是两个女人和一个爱护一切的男人

我们头顶的悬崖上有一匹白马
它已经肋生双翅飞去夏拉木了
它已经把我们的话不当话了

云头按落大雪

纷纷不停
阴山下
三个满头白发的胡人
雪水煮着皮绳

生皮缰绳
留下狼的牙印

雪灾

大雪紧急
四面有马蹄迫近

四面铁石
一只飞逃失路的羚羊
细长的腿倏然
成倍增长
犄角化作摩云金翅

鸣镝千尺
胡儿眼中箭
仅迟半步
飞影消失

高处望不全

伊沙

高处望不全

从七楼的窗边看见小区广场上有一个老头子在打太极拳：白鹤亮翅。

我没有看见他是在和一个老太太遥遥对打，中间隔着人工湖。

直到我在去小超市购物的路上从他俩中间穿过。

春雨颂

谁说长安无春天，又逢春雨潇潇下。

每到这个时刻，父亲（先前还有母亲）总爱说：春雨贵如油，农民该高兴了。

他们总爱提到农民。

因为他们是被毛泽东思想改造好的臭老九，自觉与工农兵站在一起。

因为他们是最接地气的科学工作者——是在大地和群山之间奔跑的动物学家。

写作之路

起初大家是一伙的。当写好等于成功的最初阶段，只要写就是同路人。

分歧出在写好并不等于成功的时候，要写好还是要成功？这是一个问题，写作乃至人生路上的重大问题。

于是一路人变成了两路人，各行其道。

于是到了今天，两路人变成了四类人：写好的成功者、写坏的成功者、写好的失败者、写坏的失败者。

远眺

在布考斯基问世于1962 – 1963年的一首诗中（那时的他四十出头），写到一位年轻诗人写给他的一封信：预言某一天，他一定会被公认为世界最伟大的诗人之一……

老布在该诗的尾声写道："虽然我保留了这位年轻诗人的信／可我并不相信／但还是喜欢在／生病的棕榈树下／在夕阳中／偶尔远眺"。

老布，在你第24个忌日，在我润色到这首诗的此刻，我很想知道，当年你望见了什么，请在今晚托梦于我！

鬼村

往常去学校上课前，他老去东门口对面的村子吃早点。

漫长的寒假过后，本学期第一周上课，他又来了，这时天还未亮，整个村子静悄悄的，一片死寂，只有村口的包子铺亮着灯……

他走进来，未见老板，只见一个客人独坐——一个面目不清的老头在喝粥，吃包子……"自己拿吧，他来不了了……"老头说。

他四下看看，觉着有点古怪，便离开了。

……一步跨进教研室，同事已到了一位，对其抱怨道："学校对面的村子一搬迁，连个早点都吃不上，得饿着肚子上课喽！"

"村口那家包子铺不是开着吗？"

"哪开了？全都黑灯瞎火的！"

"还有一个老头……"

"哪有啥老头……你碰见鬼了吧？"

大意了

1995年，我和老G初译布考斯基的那批诗，是他五十来岁的作品，译到第24首时，老G怀孕了，我们决定停下来……

老G安慰我说："先译这些可以了，你有的诗已经写得比他好了……"

然后我就大意了：以为自己可以离开布考斯基了……

2002年，我们二次译他时我受的刺激不够，那是读到他年轻时代的作品。

然后是2011，我读到了他六十岁以后的作品，惊得鼻血横流，灵魂出窍！

他妈的——大意了！

不解风情

"我正在啜泣我自己"——这是我和老G译的美国诗人查尔斯·西米克《旅馆失眠夜》一诗的最后一句。

这是个独特的表达和漂亮的句子，也是我们的得意之译。

在中国，一个南方女诗人撰文批评道：这个句式如果是"我正在唾弃我自己"就成立……

我的天哪！

这是不解风情——这是对英语、中文、翻译、诗意至少四个方面的不解风情！

这便是我们身处的环境、遇到的人。

不知谢谁

一部布考斯基精选集的诗歌部分，在历经九个月的精译之后，定稿了。

距合同上所写的交稿日期还有一周——剩下的一周刚好用来扩写原先已有的《布考斯基译史小记》。

该换频道了：从翻译频道切换到散文随笔频道。

手执遥控器，我忽然心生一念：这两个项目（还都是副顶），哪一项更弱一点？

"哪一项都不弱！"心底里响起一个声音，听起来像是我自己的嗓音："这台电视机造得真他妈不赖！"

哦，这个早晨，开工之前，我心怀感恩，但又不知谢谁。

心迹

时隔三年，更新自己的著作表：从49岁的74本前进到52岁的106本。

我明知道在校方看来：这106本书是含有大量水分的，但还是一本都不放过地列全了。

独立出版的书是不算成果的，但我还是列了，那是一个民间诗人的底色。

创作基本不算成果，大多数时候不起任何作用，你是写作教师也没用——一个写作教师的创作不算成果——这是中国特色的世界级笑话！

翻译也不算，虽然你身在西安外国语大学，但谁让你教的是中文写作课呢，专业不对口，不能算成果。

在这个系统的认证中，强调的是论文与专著——专著不是随便什么著作，而是专题性论著，一般评论集也不算。

但我还是浪费了好多精力，做着这件水分很大含金量很低的事，因为我是给世界看的，不只是给一所二流大学的边缘学院。

往后

往后，距退休还有八年，而写作没有退休……

加快还是减慢？写多还是写少？都不是问题。

没有一定要写的东西，没有一定要达到的目标，没有事先订死的计划……

听凭体验、感觉、认知、呼吸、心跳、血液的流速，写一点，再写一点……

而已。

故人

有一个故人，我从未看透。

还没有看透，便已成故人。

后来，我搬家住的那个地方，挨着他从小长大的一个大厂的家属区……

我去劳动公园散步时老从那里穿过……

九年来，穿来穿去也便把他看透了。

我敬你是个小人

尚仲敏

戒烟之二

抽烟是可耻的
比抽烟更可耻的是喝酒
当然
女士、儿童、老人除外
既不抽烟又不喝酒
还整天盼着下雪的人
简直可耻至极

何兴丽与狗

何兴丽捡到一只狗

拒不交还
后来直接把狗摔死
听到这个消息
我不禁惊出一身冷汗
因为前不久
我的狗也丢过

三门峡

一个地级市，二十年不变
这是一个奇迹
三任书记被抓，也不知关在哪里
我并非漫步街头

像一个思想者
我只是参加完同学聚会
从吃饭的地方，步行回家

寒风凛冽，为什么
偏偏是
北京的张小波送来温暖
东面多了一个万达广场
还被王健林卖了
卖给我我肯定把它背回家
谁都不让进
这些都不足以让我痛心
我痛心的是
一个地级市，二十年不变
唯有高中女同学变了

立冬

比起寒冷
更让我担忧的是
你至今还不是
我的朋友

一声不吭

在一个小书店
我看了一会儿诗选集
里面的诗人
基本上都是
我喜欢的
但看着看着
还是有点累
就顺手翻开

一本《读者》杂志
读中学时
我曾经订阅过
每次杂志一到
我总是迫不及待
先翻到
"漫画与幽默"栏目
这是否说明
我一开始就是一个
有趣的人
我的知识
主要来源于
一个叫《读者》的杂志
想到这里
我不禁有些后怕
难怪一本
很好的诗选集
我读起来
居然有些吃力
所以，每当朋友们聚会
大家都在高谈阔论
我往往只能
一声不吭

上善若水

酷热的、闷骚的夏天
重庆人说，这是最后的夏天
那还不是因为热
这简直是个
热得不要脸的夏天
与其去朝天门喝酒
还不如一个人
待在房间学成语

老子说，上善若水
他是教我们怎样做人
在这个毛焦火辣的
重庆的夏日傍晚
上善若水
我看中的是
这四个字带给我的
阵阵凉意

小人

小人，你真的太小了
你那么小，我一把就能
把你抓在手中
你偏偏又是个
浓眉大眼的家伙
来，干一杯
我敬你是个小人

又见飞刀

于欢何以能够以一敌十
他的武器
只是一把
小小的水果刀
在一间狭窄的房屋
说时迟那时快
敌人一死数伤
于欢全身而退

几千年后的史书这样写道
山东聊城人于欢

武林绝顶高手
于欢飞刀，列不虚发

于欢所持武器
一把小小的水果刀
名列当年兵器谱第一

一个人，这些年

一个人还能够写诗
在大清早
说明两点
一是他还活着
二是不但活着
心情还不错
这些年
他隐藏了一些锋芒
习惯与人为善
就像在诗中
刻意表现质朴
老实的一面
对，为什么那么多人
写不好诗
就是不懂得
隐瞒自己的才气
总显得与众不同
总要语出惊人
吓死个仙人板板

做人

如何做一个烟酒不沾之人
如何做一个谦谦君子
先生，我已恭候多时
你来的时候
西风正起

你那随从，皮肤白净，垂手而立
如何做一个饮茶之人
做一个爱运动之人
美人迟暮，大姐成群结队
鱼贯而入
如何做一个坐怀不乱之人
饮酒而又能不醉
先生读万古书
飞檐走壁，大盗天下
如何做一个玉树临风之人
做一个身轻如燕之人
先生，你接着说
我洗耳恭听

能否回到写信的年代

遍布街头的
绿色邮筒
小卖部随处可以
买到的信封和邮票
没有手机、微信
也没有视频
结识一个人
（过去看机缘
现在看面相）
先从地址开始

一本信笺
钢笔灌满墨水
黑色或蓝色
（我偏爱蓝色）
打开台灯
坐在藤椅上
泡一杯花茶
点一支烟
笔尖沙沙作响：
"亲爱的
夜已经深了
要是你没有
收到我的信
就站在大门口
听远处的
汽笛声……"
字迹有时工整
有时潦草
唉，一切都晚了
手机毁掉了
一个时代的爱情
就像现在
你已写好了
一封信
却不知道
该寄给谁

回到苍山

潘洗尘

没有对错

做过很多错事
不能忘　但也不想说了

但有两件
是做对的

23岁辞去公职
44岁再辞私职
尽管那时
我对地球离开谁都会转的
这句话
还不甚了了

但现在
似乎只剩下一件事了
等那么一天
再向生命请辞
没有对错

2016.4.25

浏览朋友圈有感

虽说是朋友圈
但大多并不是朋友

既然不是朋友
有时就会苛刻

比如　你要花枝招展
那也得首先是花啊

我敬仰你的自信
但在这个日渐丑陋的世界

我是多么希望
你是养眼的

2018.4.25

庸俗　但也是金标准

在西医的诊断上
有一个定性的终极标准
那就是只有通过活检或手术
所得到的病理报告
才被称为金标准

有一次　一个女性朋友问我
怎样判断一个人是否爱
或爱的程度
我告诉她　从临床上
爱主要体现为甜言蜜语
卿卿我我
但说到底　爱不是诗与远方
不是掉到河里先救谁
爱大多数时候是庸常的
甚至是庸俗的
所以　在爱的判断上
也有一个金标准

那就是不论他是穷人还是富人
都要看他舍不舍得倾尽全力
为你花钱

2018.4.25

怀念一个人

今天　我们怀念一个人
就像怀念一个老邻居
或一个老朋友那样
这种怀念　甚至具体到了
一张生动的脸　或某个生动的表情
我们怀念他用自己的通透
所感染的那些岁月与山河
当然　我们也怀念他指点江山时
那从不僵硬的手势

但说到底　我们的内心深处
还是在怀念一种
慈悲的品格

2018.4.15

回到苍山

苍山　像一部
巨大的自然圣经
每一棵树
每一块石头
都值得用一生去读

对　我就是那个
满身松嫩平原的
黑色泥土味
心里却长满了
云南山水的人

2018.4.14

诽谤

这次去北京
在一个诗人的饭局上
不知话题怎么就谈到了
谁是当桌的好人上
好像是杨黎先做了自我否认
然后韩东和浩波都提议唐欣
正当大家就要众口一词
老唐也半推半就之际
女诗人里所最后发言
她可能是认为我的好人指数
已经超标
所以直接指认我
道德高尚

满桌人听后都笑而不语
只有我满脸委屈
那感觉仿佛是自己
受到了某种诽谤

2018.4.14

矛盾

这辈子
我最讨厌的
是医院
最感激的
是医生

这就像我
一生挚爱诗歌
却不喜欢绝大部分
写诗的人一样
尤其是那些
只会写诗　或只热衷于
混诗歌圈的人

2018.4.13

昨晚　再次梦见母亲

昨晚　再次梦见母亲
在一片巨大的黑暗里
母亲跟我说
儿子　你的病瞒不住妈
所以我要先走一步
来和阎罗王谈判

阎罗王要是不答应
妈也会一个人把你拦在
鬼门关外

2018.4.06

致仲敏　或我们的青春

每次和尚仲敏相聚
都像再一次拜望
自己的青春

那时　我们一个在大西南
一个在大东北
一个办《大学生诗报》
一个办《大学生诗坛》
有一天　酒壮诗人胆的青年尚仲敏
在重庆振臂一呼：pass北岛！
那气势远大
消息传来
把当时也同样无所畏的我
还是吓了一跳

那就是我们的青春
粗糙　但不乏自由
装束土气　内心却崇尚一切
新鲜的事物
那是一个连雾霾都稀缺的时代
我们还能看得见天空
和未来
如今　我们都老了
无所谓了

时间　仿佛连晃都没晃一下
我们就从骨瘦如柴到了大腹便便
甚至头顶已芜

但这四十年　不仅耗尽了
一代人的青春
也让我们经历或见证的
远比过去的四十个世纪
还要多

2018.4.6

清明

在中国
有很多大事
都是从悼念死人
开始的

以前　每到这个日子
我都会想起遥远的广场
想起那次伟大的
诗歌聚会

直到母亲走后
清明　才第一次成为
我内心的
一个劫

2018.4.2

上帝的模样

你见过上帝吗
我见过

他住在上海
手里有一把会说话的刀子

他也是我一生中
唯一以命相托过的人

他和他的那把会说话的刀子
曾在长达四个小时的时间里
主导我死去　继而重生

从此　他便成了我真正肝胆相照的
上帝

2018.3.20

手术后醒来的第一句话

从恰到好处的睡去
再到恰到好处的醒来
那中间的四个小时一定恐怖至极——
我魂飞魄散　被开膛破腹

想想肝脏上　血管密布
哪怕疏忽了一支血管钳
后果都不堪设想
手术前　直系的亲人和最好的朋友
都被医生叫到办公室
被反复提示手术过程中
可能发生的种种不测

对于我　那死去活来的四个小时
没有知觉　更没有记忆
无非是睡去又醒来
连此刻说起来都像是在说一场
别人的经历
但我能想象　当时对于等候在手术室外
我的亲人和朋友们
那会是一种怎样的煎熬

那天　当我被推出手术室

尚无力睁开眼　但说出的第一句话
却把紧张万分的亲人和朋友们
都说笑了——
麻醉师的红包
你们给了吗?

2018.3.20

什么叫一句顶一万句

我的手术医生医术高明
却很少和我说医疗术语
而且精通修辞中的比喻疗法

比如　我问他如何评价
中医和西医
他说　古代的时候从南京到上海
坐马车要走几天几夜
现在　坐高铁只需两个小时

手术后　我腹部正中留下的刀口
愈合得非常快
我又好奇地问他
肝脏不在上腹部吗
而且这么复杂的手术
刀口怎么这么细小
他说　刀口在腹部正中
就可以竖着切
这样不会横着割断肌肉
可以大幅减少术后的疼痛
至于刀口开得尽可能的细小
主要是为了术后
可以不留或少留疤痕
这样做　虽然增加了手术的难度

但是——他一脸灿笑：
"这手术　也是为你的女人
做的！"

什么叫一句顶一万句
我后来一直牢记他的这句话
不是因为他的完美主义医疗观
更不是因为什么女人
而是他的这句话
对我所构成的巨大心理暗示
和生命鼓舞——
你今后的日子
还长着呢！

2018.3.20

死应该是一生中准备最充分的事

死　应该是一生中
准备最充分的事
比如　临死之前
我最想做的事
不是写遗嘱
（因为所有的遗嘱
都已写在诗歌里）
而是让亲人找来
我最熟悉的理发师
为我最后一次理掉
头上那些永不听话的头发
如果还有一丝气力
我还会用自己心爱的指甲钳
最后剪一次
多余的指甲

总的来说　死
对人对己都不是一件
太好的事儿
所以知道消息的人越少越好
至于死后还有什么愿望
我希望亲人可以不悲伤
很少的几个朋友可以各自在家
读读我的诗并且
读出声来

2018.3.19

语境

小时候　我曾经在乡村
不止一次地目睹过
有人被游街示众
脖子上挂着一双鞋子

从搞破鞋　到婚外恋
不同的语境下
虽然说的是同一件事
但我们这些年的努力
就是为了不愿意让语言
回到那个随便就能变成
判决书的时代

2018.3.18

死亡的道德

无论我被赐予过怎样的伤害

都从未有过恨意　可以在心底
停留三分钟
风风雨雨半个世纪
我也从未把任何一个个人
臆想为敌

但我的心中
确实装着太多的秘密
哪怕其中有一些即使说出来
也是无害的
比如谁才是我最好的朋友
但我也必须在某一天
把所有的这一切
都原封不动地带走

古龙说
只有死人才能真正地保守秘密
尤其是那些惊天的秘密
我心底的秘密虽然不惊天
它们只关世风　美丑和善恶
那也请把我某一天的离去
当成是一次自行了断吧

但　一个人死后
将被什么人怀念
这确实是活着时
就应该思考并解决的
首要问题

2018.2.22

老友来大理

老友来大理。他说：

不好意思每天打扰你。
我说：生病前后的最大不同，
是对时间的理解和把握。
现在只剩下半条命的我，
最想见老朋友，
能多见一次是一次。

说这话那天，
我在露台上请老友午餐。
后来还发了一条朋友圈——
阳光下吃饭，暗夜里写诗；
午餐到饺子结束，
"诗歌到语言为止"。

2018.2.22

不要和我说春天来了

你说草已绿了
花将红
我说你是眼虽亮了
心未明

当巨大的霾
一直紧紧地卡住
我们的喉咙
我想说　我们的感官
就只剩下肺了
而我们的肺里
就只剩下
冬

所以不要和我说春天来了
我和你的春天

不在一个纬度

2018.2.21

一首浅薄或刻薄的诗

我判断事物的标准
越来越简单

比如以貌取人
甚至以衣装

你衬衣或T恤的质地
条纹。你鞋子或袜子的款式
颜色。你皮带扣子的形状
图案。甚至你的颈上或腕上
是否挂带或挂带什么样的
配饰。都将决定
我在心里
会和你保持
多大的距离

有时　它甚至会影响我
读不读你的诗

2018.1.29

有哪一个春天不是绝处逢生

酝酿了几个季节的雪
终于下了
雪　覆盖了我的母亲

以及整个
广大的北方

此刻　即便是置身另一个
看似阳光明媚的国度
远隔50度的温差
我也能感受到
来势汹汹的
彻骨寒意

只有懒惰的人
这时才会说
冬天已经到了
春天还会远吗

但寒冬是自己离开的吗?

谁能告诉我
有哪一个春天
没经历过生与死的搏斗
有哪一个春天
不是绝处逢生!

2018.1.26

春天来人

张执浩

答枕边人，兼致新年

唯一的奇迹是身逢盛世
尚能恪守乱世之心
唯一的奖赏是
你还能出现在我的梦中
尽管是旧梦重温
长夜漫漫，肉体积攒的温暖
在不经意间传递
唯一的遗憾是，再也不能像恋人
那样盲目而混乱地生活
只能屈从于命运的蛮力
各自撕扯自己
再将这些生活的碎片拼凑成
一床百纳被

唯一的安慰是我们
并非天天活在雾霾中
太阳总会出来
像久别重逢的孩子
而我们被时光易容过的脸
变化再大，依然保留了
羞怯，和怜惜

抹香鲸在睡觉

我第一次看见抹香鲸在睡觉
一根千年古木倒插
在大海深处

大海在睡觉
我第一次被一个庞然大物的睡姿
感动了——它漂浮
在蔚蓝的梦境里
像婴儿一般漂浮
在母亲的子宫中
阳光从高处插下来
像栅栏维护着抹香鲸
漆黑的身躯
这透明的黑暗
让整座大海忽远忽近

一团迷雾

朋友发来大雾图
他不知道我尚在雾中
很多年了
我们只有面对面的能见度
甚至当我面对
那张挂满凝霜的脸
竟一次次误以为那不是我
不是那个踩着覆满小路的松针
在迷雾里打转的人
太阳在雾外冷眼旁观
那是我见过的
最红的太阳
烙铁一样不可描述

抓一把硬币逛菜市

每当活不下去的时候
我会立即起身

从鞋柜上的零钱罐里
抓起一把硬币
去菜市场闲逛
每当我叮当作响地
走在人群中，内心里
有一种无法抑制的快乐在涌动
这快乐近似于我小时候
摇晃着积攒的钱罐
站在榆钱树下等候货郎的身影
我在五颜六色的菜市摊旁
一遍又一遍走着
当硬币花光时
某种一文不名的满足感
让我看上去不是一般的幸福

有些花不开也罢

"无花果的叶子就是无花果的花。"
——我忘了这是毛子还是东林说的
也忘了是在张家界还是涠洲岛
此刻我一边吃无花果一边上网查——
"无花果并非不开花，而是花小
藏于花托内，故又名隐花果……"
此刻，我似乎已经真理在握
却又感觉特别虚弱——因为
我也像一颗隐藏在花托中的果子
你们看到的我都是我的结果

更好的人

晨起熬粥的人在鸟鸣声中
喝下粥，他清楚地听见

送奶工把手伸进了奶箱盒
晨起看日出的人在山顶的浓雾里
眺望浓雾，哦浓雾
晨起讨生活，终究还是晚了
更好的生活已经名花有主
更多的人像我一样
在梦里艰难地挪动
更好的人配得上这样的
一天——既新鲜又世俗
他将在碌碌无为中享用
身体里塞满了懊恼与满足
他配得上这样的白日梦
谁也不会去打搅他
他也不会去说服谁

给自己的新春祝词

窗户把阳光让进了屋子
我端来茶水，在阳台上坐下
这是慵懒的安静的冬日
新春伊始，生活中遍布睡意
我愿顺从你的指引
珍视这沉重的肉身
我愿由此获得轻逸，无碍
像涧溪之水顺从草木的牵制

花事

繁忙的季节已经来临
我这里到处都在开花了
你那里也是吧
你身边的人昨天给我打过电话

说起他曾经爱过的人
依然貌美如花，依然像
那天傍晚我站在樱花树下
看见的对面山坡上的那簇梨花
梨花的背后还有桃花
而你在海棠花下
歪着头，捋着一缕一缕
先前被人弄乱的长发

地球上的地方
——给印

乘两班飞机再转
数小时的巴士
可以去任何地方
当我站在地球上打量
地球之外的任何地方
看见你正在转动
怀抱里的地球仪
你已经找到了自由
接下来你要找平静——
那么多的树木在森林中安息
你走在斑驳的林间
踩着阔叶林遇见了针叶林

春天来人

出门遇雨也不是坏事
有闲情想想去年此时
你身在哪里
如果去年此时也在下雨
不妨想想前年甚至

更遥远的过去
春雨总有停顿的间隙
你站在廊下看屋檐水
由粗变细，而河面由浊变清
远山迷蒙，裤管空洞
有人穿过雨帘走到跟前
甩一甩头发露出了
一张半生半熟的脸

你以为呢

蕙兰开了一月还是谢了
我把凋落的花瓣捡起来
埋在了山茶花盆里
山茶树今年没有开花
越过冬天茎叶枯萎了
我把它连根拔起
放进了垃圾堆
搁在灶台一角的大蒜发了芽
我把它们埋进了闲置的花盆内
阳光照着绿油油的大蒜
生也好看
死也不错

在世界的雪原上

杜涯

青山

当我少年时，我常一个人走在故乡路上
两边树影婆娑，远处云霞粉亮
我总是去望远方的树丛，和远方的云岚、天空
那时我心怀希望，认定时光无尽，人生永恒
当我青春芳葱，我时常在大地上游走
桐花和紫楝花在四月和五月的地上盛开，春光荣荣
人们在光阴中种植、收获、走动、生活，面色平和
村落和房屋也鳞次遍布，永远安详，永远宁静
那时我认定人世恒常，大地上的人和事不会改变、消散
一切事物都会永存、永在：时光荏苒，而它们永远在那里
当我出门，我看到：远处青山静立，清晰或朦胧
它从不改变，不移动，给我依靠、稳固、安定
那时我认定万古长存，时空漫漫，没有消失、结束

我和青山会永久相伴，万古中，它永青黛，我永淡愁

倥偬，人世的许多岁月已逝去
悠悠，时空从未停下它的转动、前行
桐花和紫楝花在地上开了又谢，一代又一代的人
在我身边离去了，消失在了无尽的风中
有时我在飘谢的紫楝花树下站立：我在人世上
过了多少年？多少时光湮没在了我的身后？
有时我游走、漫行在河流旁、村落间
人们仍在光阴中劳作，安静而平和
我明白他们终会离去，而人世和大地上的
居所却会永续，恒常而温良
而当我再次望见青山，我感到心泪滚滚，悲欣交集
我已明白：有一天我必须离去，永别人世，永别青山
青山会永存，万古中，不会再有我的身影、我的陪伴
现在，当我望着远处的青山，我看到它隐隐而又黛黛
上面云岚淡薄，天空深邃、宁静，仿佛永世
我说：别了，青山。别了，人世上我所有的眷念和悲欣。
而青山依旧隐隐而宁静，不变换，不移动
我知道，它会永远这样宁静、稳固、安定
会在长河漫漫中伴着人世的恒久，云霞明灭中
它有着永世的磐念，不褪色的哀愁。而我将离去
云霭中，烟影里，留在青山那里的，是它的郁郁青黛心，我的万古忧

2018.3.20

春天的行吟

春天，树木的繁叶婆娑在清晨的园林中
上午的时候，鸟儿在林中啼着：人世恒久

碧杨把尖梢伸向深蓝的晴空，桐花在晴空下
盛开，我说：谢谢你又来，和我一年一见

构树的新绿叶丛在窗前掩映，我蓦然想起早年：
小学校园中，一个树影婆娑、枝叶清凉的暮春下午

仿佛人世和时光未变，我仍是那个站在树荫下，怀着理想
和轻愁的少年。而从那时起，如今已过去了多少年？

我走在林荫路上，道路伸向远处的幽渺里
树丛中，蒲公英和苦荬花一片片绽放，如云如幻

那神秘的地方又在天边显现，一闪而逝。神圣的所在
为何总是召唤我，却又让我无法靠近，无法抵达？

而淡紫色的云霞又在远天处铺展，仿佛永恒里的
温暖、伤感，我又怎能不仰望你的方向，你的辉光？

我回望来时之路：人世已如桑田，几度变迁
往日时光皆随风而逝，幽渺无迹，找寻不见

我转身望向前路，我看到一路的未知、幽明、云霓变幻
我心中怅痛：时光已晚，人世已如桑田，几度变迁

我唯有向前（带着时光的疼痛）。向前即是树影长路
向前即是云霞、无限，即是彼路繁星，随处永恒

我踽踽前行，云霞映着前路，也映着远方的树丛、天空
春风长缓，伴着我的疼痛和肃穆：人世上风雨漫漫，时光已晚

2018.4.16

春天的咏颂

四月，碧杨殷殷环绕在房屋的四周
桐花总在屋旁盛放，陪伴着碧杨和人世恒常

紫叶李排列在街旁，茂密而扶疏，银杏和
芙蓉生长在普通人家，已是人间寻常

我走过一片健壮繁茂的白杨树，它们是我幼年
所见，我说：谢谢你们仍在。……在这一切皆变

一切皆逝的人世上，仍有一些事物留在原地
不离不迁，给我稳固、安定、鼓励

我多么喜欢不远处的那一片树丛
它总是背依天空，安静，庄严，从容

当它的尖梢在深邃天空处微微摇动，我心中隐痛：
它又在向我传递：另一个世界的问询、消息

更远处，一片片树林远近错落排列
壮观、迤逦、幽深，伸向远方的邈远里

淡蓝色的云气在那里缭绕，神秘之地，它总是
诱惑我，使我想放下一切，告别现在，去向那里

人世却有让人眷恋的宽广、力量
当我站在城乡间的路上，大地上满载春光

城中车水马龙，碧桃盛放，城外田野碧绿，村落
安详，人们建筑，桑稼，忘记了光阴匆促

他们身边，繁花常挨着房屋，树荫总是浓郁，低垂
仿佛庇护。我观望，察析，始相信这是人间福地

而在西南方向，一带青山在那里隐隐浮现
上面的天空中，始终轻浮着淡紫色的云岚

我望着那里，我看到了那归去路，那悠远之地
神圣的方向，且等待我，等光华去时，我就跟来

而现在，且让我眷念温暖，耽留于人世之春
且让我驻留依傍于树丛，陪伴云霞，陪伴青山

2018.4.18

雪中的世界

第二次，雪从空中纷扬地落了下来
阡陌很快隐没于地面的宽广
天空和大地也在一色中浑如苍茫
世界，在无边的馈赠和温润中趋于同一

我望着远处林木茂密的河堤：
它曾在夏天幽暗，在秋天黄华一片
而此时，它在雪中静陈着，郁郁苍苍
雪纷繁地落在堤旁树林中，使林木迷蒙

我久久望着那里，迷惑于树林的深邃、幽寂
仿佛那里有着另一个宁乡，有所有逝去的温暖
仿佛只要我走过去，我就会进入长久的寂静
就会找到那始终隐藏着的某地

我没有过去：雪在我身边落下，仿佛唤醒
雪已经染白了一切，覆盖了所有事物
大地在雪中比往日更宽阔，宽阔又承担
天空也在萧瑟和寥落中现出奇异的温暖

雪在我四周簌簌地落下，我静神谛听：
有一些事物悄悄地离去了，而另一些事物
却在悄悄地回来；地面上的人和诸物也都
各自归宁：常常，世界所得到的庇护，万物所

得到的庇护，永远和雪相等，甚至多于雪
也多于树林所得到的宁静，此时它们温和顺遂

相依又相伴，在世界的每一个安静的地方
也在世界的苍郁处，在世界的河流旁

雪仍在我四周纷扬地落下，天地愈变苍茫
我转身离去：我想我不必为世界担忧
万物在雪中也有各自的宁居和安处。若某物
在雪中朝向世界的单纯、宽容，它得到的必是肯定

2018.1.6

在世界的雪原上

在世界的雪原上，我相遇
你庄严而广在的形象
在雪白的沉默和宽厚中，我寻觅
你慈爱而温暖的身影。我眺望如赞颂

阳光下的雪原有着千里的晴朗
而我的心却忧伤如冬华一样
当我看见这有着片片树林和枯草的雪原
这大地上绵延的无边的白和白

我是永恒霞光里的短暂
是悠悠时空里的孤独和有限
在自然的光华中，我必将无声凋零
而你是信赖的芬芳，法则的完美、宽广

引领群星的内心。有时我看见你
站在晴朗的无边的雪原上
有时我看见你站在银白的河堤上
有时，风吹过河堤的斜坡和下面的枯草

有时我跑上河堤，却看见你的身影
在对岸的堤上、在树丛边闪烁

大河在远处伸延，银白地宽广
何其庄重，我和你相遇在这世界的河流旁

有时我在树林中踟蹰，行走
心中怀着向往、渴望
无论我怎样上前，却始终看见
你在树林的后面，在风中隐藏

你在雪原的辽阔忧伤里隐现
身影随风隐匿：在远处的平旷
我惆怅地站立，站立在时间的分界处
相信着：当时光圆美，我和你还会再见

我是一个瞬间。而你是持续的永在
等待我，在流变之上，在众物的相信之上
给我一个命运和鼓励。并等待我
当我忧伤。当我为了一个理想，走在路上

2018.1.10

在我生活里出没的老鼠

李明政

平昌见闻

1.柳时光

不用想起
"昔我往矣　杨柳依依"
想起
"书贵硬瘦能通神"的柳公权

一个韩国司机
在餐巾纸上写下他的名字

我称赞他书法好时

这个魁梧的男人
羞涩起来

一直羞涩到
"谦谦君子　温润如玉"

2.海浪

沿着江陵的沙滩走

这片海
地图上叫日本海
半岛的人叫朝鲜东海

中国古书上叫鲸海

沿着江陵的沙滩走

这个民族
崇尚白色　把长白山当作圣山
这个民族
崇尚冰雪竞技
将全世界冰雪健儿邀至平昌郡

沿着江陵的沙滩走

大海
将她蓝色长裙的
白色里衬

反复
翻给我看

3.志愿者

志愿者服务台
我向一位老外索要资料

她70岁左右的年龄
让我有些惊诧

韩语　有
日语　有
英语　有
汉语　没有

我用腾讯翻译
和她交流

外表彬彬有礼
内心忍不住阿Q一下

"所谓奥运
不过是鬼佬们
晚年的一项消遣"

4.陶法托富阿

陶法托富阿
穿人字拖
穿红黑相间的裙子
赤裸上身
作为旗手
代表赤道附近
汤加王国
参加奥运

他一登场
全世界都笑了

在零下10摄氏度的平昌
我必须佩服
这个旗手
他一个人
把整个地球的气温
提升了30度

在我生活里出没的老鼠

1.一张诗稿

揭开客厅柜式空调外壳
我发现遗失的一张诗稿
在相同位置
我发现过花生　核桃　鸡蛋
和其他食物
我有些惊喜　又疑虑丛生

"难道你们老鼠也懂诗？"
"难道我在鼠类享有诗名？"

2.眼神

说出来你会笑话的
作为男人　我怕老鼠
生老病死　喜怒哀乐
我都有勇气去面对

但我还是怕老鼠
不知是先天的怕
还是后天的怕

小时候父母一次夜间打鼠
我坐在床上　逃窜中的一只幼鼠
瞬间停下来　望着我
我也望着它

几十年过去了
我不知道

在那个对视的瞬间发生了什么

我在这只幼鼠的眼神里
看到了它们与人类博弈的决心

3.粘鼠板

女儿要我给她三个同学
讲粘鼠板的故事
我可是一点情绪都没有

我没想到两块钱买的东西
放到厨房　发生了
一幕生离死别的惨剧

两只幼鼠
一只被粘　一只解救
最后一起气绝

我是第二天早晨从粘鼠板
凌乱的脚印　从两只幼鼠
的位置来推测的

仔细想想
人类在灾难面前一样样的

惊恐　尖叫　挣扎　希望　绝望

4.路

出差回来　撞见一大堆
老鼠在客厅中央聚会

它们训练有素
先飞奔到墙角
再沿墙角飞奔
顷刻消失无踪

瘫坐沙发
我的耳朵塞满了叽叽喳喳的叫声

想想眼前的事
我笑老鼠不懂
两点间直线距离最短的道理

但又想起母亲之前说过

"猫猫有猫猫的路
耗子有耗子的路"

夜半三更　母亲炒黄豆面
我无意间撞进厨房
"好香"　我问"你要灭鼠?"

母亲脸色骤变
先是中断哑剧式的交流
接着怪我走漏风声　打草惊蛇

母亲随即放弃了她的下药计划
她相信老鼠通人性

我琢磨此事
一是人类过于阴险
二是老鼠也不傻
它们在母亲身边安装有窃听器

5.家

一天夜里　我可怜起老鼠
"老鼠有家吗? 它的家在哪里?"

"人类家园是老鼠的宿主吗?"

问题是"老鼠过街人人喊打"

想着　想着　一天夜里
我可怜起老鼠

7.99%

我们断续聊着老鼠
学医的晓宁和我在13楼等电梯

"老鼠99%的基因和人类同源"
他做过小白鼠实验

"为什么差别这么大呢?
一个是人　一个是老鼠"

"或许差别没有这么大
老鼠甚至可以用面部表情表达痛苦"

8.先知

一位从都江堰归来的志愿者
说　他没看见一只死耗子

"太精灵了。"他如此赞叹

大祸临头
人类竟浑然不知

或许那一刻
诗人们正在朗诵

"谁是大地之子？
谁能听到大地的心跳？"

亚克斯坦丁的雨

鲁亢

侍者

我只能让灵魂上到柜顶的高度
为了看清我躺的地方，有时母亲
无处可去，也躺在那张床上
因她的瘦小、胆怯，床也变小
她在不痛时想象自己爬出窗
如同扑掉到17层下，痛得杀猪般

而我紧随其后，挤出窗户的刹那
一只鹰，灵性附体，寻找一条路线
在一个点上，侍者迷失了，推挤着
"他们转世的时间还差一刻末日
把他们带出来，再难也要"

当我的眼睛收回，适应了这里
母亲浮肿的脸庞，偷偷外扩，把她
双眼挤成缝，连硬币都过不去
那她还缺什么，除了好运

登高

我睡在很冷的地方
一艘退役的军舰在旁边，一个人
突然拐上河岸的青石板道
撕裂我那芭蕉叶形的身影

没有更冷更深更坚硬的地方可去
除非我造梦，但我已是梦人
我在高台的最上一阶
纵身跃向炮管中的旧时辰

不是所有人都能活过冬天

不是所有人都能活过冬天
夏天和春天也是如此，没有保证每个人
都能靠自己还是靠别的力量抵达彼岸
牲口应送屠宰场却幻想去宠物保养站

也不是，像你说的——你刚从巴黎回?——
很多人在冬天抑郁，身体僵硬，才会说出
上面那些话。活在底层太久
过着狼狈不堪的日子
某一天被翻了起来
传说中犹如稀世珍宝，传说不算太假
但这只是美誉，实际一文不值

很多人不清楚抑郁了会变成什么样
出事以后才发现自己也有这种冲动
然后呢，也跟着做吗
让朋友们吃惊，难过一阵子，"想你呵"

还是找人倾诉
花钱，但不是找医生，这没有用
钱全花在情形更糟糕的人身上
他看上去健康而且善解人意
虽然在关灯后你看见一个灵魂
撑不下去的苦状已到了临界点

如果你顺顺当当地熬过冬天

（在南方，冬天更像形容词，说起来顺口）
和侥幸脱逃的猎物相同
饥寒交迫已经失去分辨的能力
眼睛里荆棘丛生，跳崖前却猛然转身跑开
赶紧找到同类，拥抱，感激的话不吝啬
"我本来想去死的，是你救了我，谢谢你"
这回你付的钱
离对方希望的仍有一寸的距离

雪地之狐

我必须诉说假寐时的幻境
在雪地上，跑过一头银灰色的狐狸

我诉说在太阳的光圈中
在树木逐渐拉长而浓密的阴影里头

那只狐狸寂然无声地在白雪上慢跑
我看见它没有多少与众不同的地方
它的眼睛或耳朵，或迈出的步伐

它像一头饱食的畜生，只爱吃鲜活的肉块
在日头底下我看见我张大的手掌变得透明
血的气味渐渐弥漫，躯壳空泛

在风中当我摇晃的时候发出骇人的闷响
树叶一落地，就被雪轻快地吞食

然而狐狸显得毫无兴致
它的举动也不是要接近一个明确的目标
甚至也不是悠闲，也不是满腹愁思

雪地上的风景有着更辽阔的含义

雪地上短暂地开放的花丛
白日的盲星，风有时密集有时稀疏的呼号
借助岩石被草草堆塑成的人类的轮廓

这一些，都失去体味泥土五味杂陈的快感
那么我自然而然预感到
你祈盼最后的时刻要辉煌夺目
如彗星划出的巨亮的轨道
你的理念也是如此圣洁而快速

但是我已不得窥见你的肉体
一只狐狸吗？它袒露隐秘的部位
它在松软的白绸上摩擦以致

心若火焚，它的鸣嗥以致惊魂动魄

我考虑过生命的终结：有酒，有鲜花
不是穷愁潦倒，暴尸于荒野
负罪感可以依赖诗句的圆熟
像一枚奇果让我在睡后释放干净

不过，你该如何去接受那只狐狸
你已无从知晓，雪地是否是一个自圈的暂时
　　居所
还有你的忧郁，你的性欲及其他
它们到底真实到了什么程度

我必须诉说我所见的更远的山
冷漠的石洞和萧瑟的原林

我听到的钟乐，和异常洁净的
拾级而上的声音；石碑里的鬼歌

它们使劲地腐食自己的身体
让自己如烂肉，并自食不烦

已提醒我必须求救，另觅新地

但我要说，神是否可靠…… 血还在诱惑

艳阳使空气更加活泼
各种元素，呈现最佳的状态自由地冲撞

我必须去发现还有其余的狐狸
成群结伙，在雪地上哀叹与妖嚎

在雪地上，凡是植物
都有黑森森的眼
从眼中散发的狐臭待夜来到
我就会有悬空的钝感，体内的响声就愈发枯
　　燥

可是我值得去
一只狐狸在视野之外慢跑的情景
我值得去想象它的无数同类
迎面而来时那嚣张的颓靡的神色

雪只会越积越厚

用爪子去接触地面
去接触自己的心脏。那质朴的气味
已是遥远的感觉，孤立无援

亚克斯坦丁的雨

亚克斯坦丁的雨落在
屋顶和鸽子笼上
我记起你就住在这里
火车在这一站出了故障，站台里

挤满了操着各种语言的客人
我记起了二十年前的一群白鸽
在诺娜宗教广场啄食的情景
当我走进一旁的咖啡室
卖花的女人到处都是
我用当地语笨拙地问你的住址
亚克斯坦丁的雨密密地在下
许多人已经搭上便车去找旅舍
我想着去你家的那些街道
一位拉小提琴的中年人走到我的桌子边
他说让他拉一段亚克斯坦丁的雨
我随意点点头，朝一辆小车
招手，我告诉司机亚克斯坦丁的雨
把我载到那儿去
我这才发觉你就坐在我的前面
是你要听。广场上的阳光像流淌的河水
人们都想听亚克斯坦丁的雨
让我这个外乡人不胜其烦
也许是你的美貌，你向我征求意见时
我说亚克斯坦丁的雨
不会是别的，那就开始吧
现在已经结束。车窗外的行人一片湿漉漉
繁华的商店街已让人忘记
古老的亚克斯坦丁的雨是爱情的典故
汽车在街道中忽左忽右
雨声不绝，我感到去找你的心情如同迷宫
我明天就要离开这里
而且永远地离开
亚克斯坦丁的雨使鸽子笼中的白鸽冷得咕咕
　　直叫
我问旅舍的老板干吗不把笼子拿到室内来
它会吵得我一夜睡不着
亚克斯坦丁的雨落在
我与老板的两种语言之间
我看他打着那种复杂的手势
猛然想起你就住在这里

你爱听亚克斯坦丁的雨
你就是用那种手势向我问道
亚克斯坦丁的雨，好不好，亚克斯坦丁的雨

大雨后

整夜大雨后
我能想起胖娘的呼噜
我想不起来这是第几次
门逐渐被震裂开缝隙

我能想起时间委派的办事员
提醒我具体位置，在进门队列中
我没有照着做
我把位置让了出来
然后我看了一眼退还的时间
然后我把死亡备齐的行李收回喘息的人间

人间是最差的过度居住营
它制造美，最终以丑陋变形的嘴脸收场
它生产爱，使用期一般就是一两年
但凡它做出什么像样的东西
都紧赶慢赶地变成坏事
我想不起来有过例外
可谁又知道甚或已经待在好的世界
那些进入门槛的没有一个回来
他们老在路上，在无数的门前找位置

我能想起整夜没有下过一滴雨
门始终开向朝阳
我在队列中又移动了几米
前面的人累得鼾声四起
我被安排在，暂时的位置，要付钱听
时间在大雨后的假死点名

无月

——致古田

在山中，卖琥珀的人
在山中，不买琥珀的人
他们都把头压得很低
他们头上的帽子各自有高度

此山何曾有琥珀
安营扎寨的人，搬迁在即
他们一度得势于山中唯其似匪
且还低调的近乎奢华

一头畅饮的老虎
此刻让它的同伴搀扶回窝
它烂醉如泥但仍清楚自己是母老虎
这很重要，在山里；天黑得太早

昨与燕子商量上山——远离家乡不胜唏嘘
昨见燕子做着家事——迟早知道你是屌丝
燕子，也曾醉到被扛回去
路途遥远但车速也快
一只燕子和一头老虎
就这样
在家中
晒沉睡

第五元素

我带上第五元素去你们的镇
快到时车子抛锚了
靠近冒烟的破口我琢磨着
绿液围堵在机械的心脏四周
下一刻钟就会爆炸

我的一闪之念；尽管并未发生
还是让我看见自己弹到半空中
瞥见过街前等红灯的友人
一个抑或若干个，交头接耳有各自的站姿
我突然想说不好意思，我们不熟
认识了几十年，你们都还不知道我的第五元
    素
不过这下好了，刚才把它放在路旁
你们找找去，那是我的遗产
虽然有点可笑，无法理解，我留着一个名词
对谁都没用。对我
它可代表不少，却非具体的什么
每个人都有自己的收藏，再没本事的人
也会留点东西，而我——有够啰唆的——真
    的留了
第五元素
从不算远的地方带来，把你们的住地称为
    "镇"
为了后面的田园牧歌式餐聚
可是运气不好，福气没到
我想收买你们的心情。看哪，他不同一般的
    伴手礼
从他嘴里吐出的：第五元素
就像倒接游戏，从五推回一，至零
只有你们才有份，镇上的绅士淑女们
这比看一场意外的灾难好几倍
自空中掉下来的东西，模糊一团
在那块"亲爱的，我们结婚吧"的广告板边
这句广告该由海豚音发出
声音高到一个极限
粉碎一段时间里的一些事
现在谁还记得清
它难道不是纠结在脑中的绊绳
牵住人的脚步
那还谈什么去找第五元素

我爱的事物

马海轶

穿过悲伤

每天傍晚，都有短暂的会面
正是春天。万物复苏，阳气升腾
但你的手掌瘦小而又冰凉
无法翻译的悲伤在周围弥漫

每天傍晚，我都会穿过这悲伤
然后与你分手。然后回到正常
重新看到云彩，树木和匆匆归人
穿过悲伤，就像穿过一段黑暗

走在雨里

下雨了。记不得上次
下雨的情景。反正下雨了
起先沥沥渐渐。短暂停歇
之后猛烈起来，瞬间滂沱

我始终走在雨里，起先
不想被雨打湿。一度撑开
黑色的雨伞。走着走着
我突然改变了主意

收起雨伞。现在我
一无遮掩，走在雨里
雨倾斜而下，把我浑身浇透

就像常言所说的落汤之鸡

那些屋檐下躲雨的人们
看我就像一个疯子
但我不在乎。对我来说
嘲笑或同情已经无足轻重

我仰着头，走在雨里
走过大街，走过注视的目光
一直走进旷野。我继续向前
仿佛要在雨里行走一辈子

不安

有些时候，我会不安
起先隐约，继而明显和强烈
我担心生活就像大地
正在无法察觉的地方缓慢坍塌

我担心，周围尽是陌生人
他们随时都会变成僵尸
敲打我的窗户。玻璃的透明
使得恐惧成倍地增加

无论做什么，我都会分神
都要朝那边张望。我会不安
我担心远方的亲人久病之后
正在孤独地写着遗嘱

我担心庭院里的紫丁香
在第一场春雨之前凋谢
我担心那些大声的喧哗
盖住零落的花瓣和隐约的哭声

我担心，月光落在地上
很快凝结成霜。我担心
夏天飞逝，秋天又很短暂
我的不安会像病毒一样传染

由此我想到秋天

我看见一棵树。由这棵树
我想到，那些没有看见的树
长在无法抵达的春天。长在
悬崖上。树根绝望地裸露着

我看见一棵树和满树繁花
由此我想到秋天，想到果实
我看见成群结队偷果子的顽童
抬着上辈人的棺材上路

我还想到，更多的无名之花
更多的无名之果。它们在我
生前成熟。更有那无名的秋天
在我身后延展成遥远的地平线

我爱的事物

我爱龙和蛇的踪迹
爱天上落下来的粟米
夜晚失眠。我坐在窗边倾听
暗夜里传来的鬼叫神哭

我爱石头上的图画
爱头上长角的立法者
我爱竹板上的道道刀痕

爱青铜器跳动的脉搏

我爱马长长的脸庞
爱它褐色眼珠犹如琥珀
我爱马，爱它宽大的臀部
以及奔跑时的颠簸颤动

我爱公交站遇见的豹子
它的斑点和肉体已经顺从
我爱它未被降服的意志
我爱棉花簇拥的锋芒

我爱胡子拉碴的邮差
爱他唱着歌从山上下来
我爱躲在树背后的孩子
爱人之将死其言也善的朋友

我爱杀手。爱他的沉默
爱他看远处时的漠然神态
我爱他一言不合就开枪的性格
爱他不杀人时衰老的样子

我爱梦露这个名字
爱火焰中间蓝色的核仁
爱星星，爱所有的闪烁
我爱黑暗将临时瞬间的明亮

影舞者

摁下红色按钮
白昼关闭。夜晚没月
龙爪树不妥协。花不持立场
夜晚投票，决定成为夜晚

影舞者非常疲倦
脚步勉强安慰水泥路
刚与杀人者擦肩而过
就遭到加油站灯光的嘲笑

他不介意。径直越过
公交站。陌生女人
想做皇后。狐狸和妓女
盛装上路。他要下班

他要回到郊区房间
食欲强烈。懒病严重
天人交战未果。最后
他对着镜子做个鬼脸

上帝

我种了这棵树
我曾给它施肥浇水
给它剔除寄生的害虫
我给它命名

春天到了
万物都在萌生
我看着这棵树
这棵树看着我

我说：你也该
发芽开花结果了
它说（如果它有一张嘴）
我有自己的上帝

说到上帝，许多人
认识。他创造了人

他说：朝西，朝西
但许多人朝东了

生日

在我生日那天
我不需要任何礼物
不需要任何祝福
我只需要清静
就像过往的每天
就像要来的每天

我知道，我的生日
并不重要。不需要
鲜花和蛋糕装扮
何况花粉过敏
蛋糕上的奶油可疑
我不需要礼节

在我生日那天
我不想举着气球炫耀
事实是：自从出生之后
尺子就在丈量能走多远
经过何地，到达何处
谁还会真诚祝福
出发之地，出发之日
我遵从古往今来
所有习俗的暗黑

泄密案

梅花驿

茶古教堂

从越南回来
我一直惦记着
茶古沙滩上的鸡
这些见过大海
听过圣经的鸡
终究难逃
盘中餐的命运
但我仍记得它们
雨滴砸下来时
它们逃命一样
飞回鸡舍的样子
我一直以为
离它们500米的上帝

也看到了此景

老太太和猫

猫看着老太太从沙发上
站起来，向门口走去
猫看着老太太伸手开门
看着老太太在门外消失
猫箭一般蹿上窗台
脸贴着玻璃看着窗外
院子里老太太重新出现

香山寺的喜鹊

香山寺，一只喜鹊
两只喜鹊，三只喜鹊
香山寺，一棵银杏树
两棵银杏树，三棵银杏树
有时，一棵银杏树上
一只喜鹊。有时
一棵银杏树上，三只喜鹊
有时，一只喜鹊喳喳叫
两只喜鹊在听。有时
两只喜鹊喳喳叫，一只
喜鹊在听。三只喜鹊
喳喳叫时，三棵树在听

少女与口红

她端坐在窗前
画着一张漫画
接着小心折起来
装进信封封好
投入街边的邮筒

不久
她收到了《大美晚报》
五块钱稿费
飞似的跑向街口
买了一支小号
Tangee唇膏

镜子里
口红被拧开
涂抹在撅着的唇上
妈妈在一旁嘀咕

"侬脑子
有毛彬阿"

妈妈话音未落
她已从镜子前跑开
立在院子里
仰着头抿了一下嘴唇
好像天空
是一面更大的镜子

消失的鸟语

清晨，蒙眬中听到喜鹊
在院子喳喳叫，好听的声音
我知道这喜鹊是外婆派来的
我蹦跳着跑到院子里
看见喜鹊在梧桐树上跳跃
它一遍一遍叫着我的乳名
妈妈梳妆好了。崎岖山路
我穿着新布鞋，一路小跑
远远望见了山影下的南坡村
这里的每一个人都是我的亲人
村口的一只喜鹊最先迎接了我
它叫着飞着，告诉表哥表妹
还有舅舅和妗子们，我来了
外婆没有露面，但喜鹊也告诉了她
她在天上看着我们的欢乐

湛河堤上，春暖花开

这是多么温馨的画面
多少年来我第一次见到：

一对年轻的夫妻
丈夫推着一辆红色婴儿车
和他并肩而行的妻子
挺着个大肚子
看样子有七八个月了
一个五六岁的小女孩
手扶着婴儿车
她的眼睛一刻也不离开
在婴儿车里熟睡的
小弟弟或小妹妹

活字印刷

祁国

不大好意思看到雪

是的
我只能用双手捂着双眼活着
我只能偷偷透过指缝
偷偷朝外面瞄一眼

雪呀
你还是那样的傻气
才屁大的工夫
就把一切印刷成了一张雪白的纸

不

把张开的嘴
抬高成一个高高举起的枪口
把嘴里的一股气
变成一颗射出去的子弹

没料到对方
用双手死死捂住了耳朵
子弹立马变成了哑弹
还扯高嗓门问我
你想说什么
你到底想说什么

这子弹

退回到了我的喉管
射进了
我那千疮百孔的心脏

所以
先把房价降下来
其他的自然而然就有了

足球贴

第一
先把房价降下来
这样更多的爸爸
就不需要周末还要加班工作还贷
而是可以陪孩子玩了
第二
把房价降下来
这样开发商们
就不会没完了地圈地盖房
我们就可以有地方建球场了
哪怕没有球场
只要给我们一块空地
土包石头树木杂草都无所谓
只要有空地
孩子们就有地方玩
第三
把房价降下来
这样孩子们
在选择专业的时候
才能真正选择自己喜欢的
而不是钱多的
我是一个教体育的数学老师
我的学生90%以上
每天都会跟我一起踢球
每一批学生里
都会有几个踢得相当不错的
但是从初中开始
繁重的作业彻底摧毁了他们

一大群人挤在广场上

一大群人挤在广场上
什么事也干不了只是相互挤着

我是滑铁卢我是滑铁卢听到请回答
我是诺曼底我是诺曼底听到请回答

一大群人挤在广场上
把广场挤没了

维基解密之功夫绝技

左手微握
右手握在左手上
上臂和下臂成110度角
肩膀角度为45度弯腰形成110度
略低头
向对手作揖
互报自家名号

双方距离一百米远
开始绕圈子
并展示各自拳式腿法
不时大呼大叫
不时用手臂抹去额头汗水
摆完各种花架子以后
才正式进入比武

向对手喷吐口水
用毒舌辱骂对手
扯脱对手裤子
用手乱揪对手头发
用指甲乱挠对手脸部
用牙齿乱咬对手
用头撞击对手鼻子或眼眶
用肘从上向下打击对手脊柱或脑后
用手掐、抠、挠对手喉部
用手抓住对手锁骨
用脚或膝猛踢对手裆部
用手扭断对手手指关节或其他小关节
用手指插刺或抠挖对手眼球
用手撕扯对手鼻孔、耳朵、口腔以及已有伤
　　口
用刻有其他门派标志的暗器偷袭对手

假如输了
一是立即跪拜求饶
并说上有八十老母下有三岁小儿
可让对方突然良心发现手下留情
二是号啕大哭在地上打滚控诉对方耍阴谋诡
　　计
可让对方突然无地自容迅速逃离
假如赢了
则慢条斯理整理好自身穿戴及发型
等有路人到场为证
方可迈开八字步法离去
切忌回头观望
离去处最好可见地平线
以便背影在路人的视线里拖延得久远一点

镜泊湖瀑布

一个老男人
瀑布一样
从悬崖上栽了下来

顺着打着滚的一团波涛
一朵不断破碎的浪花
忽隐忽现

下游的水边
突然冒出一颗脑袋
他英雄一样回到了岸上

又一次得以准时下班
游客们一哄而散

在海边

为了说出我的苦
你竟然浪费了这多的水

浪费就浪费吧
还是说出来痛快

村庄宛如空旷的月球

邢昊

理发

我和镜子相对而坐
我着实被吓了一跳

我所面对的是一位
端坐宝座上的君主

这浑身灿烂的宽大罩衣
多像龙袍的绝妙仿制品

烂菠菜话

它们常常挂在我们嘴边
它们被我们嚼得太碎了
它们沾满了我们的牙齿
它们钻进了我们的牙缝

它们使我们的口腔发炎
它们让我们的牙龈出血
它们散发出一股腐臭味
它们怎么刷都刷不干净

村庄宛如空旷的月球

不只是因为暴发户搬到城里了
不只是因为孩子们到外地上学了
不只是因为年轻人南下打工了
不只是因为妇女们到石河子摘棉花了

不只是因为有些人下煤窑砸死了
不只是因为有些人得癌症病死了
不只是因为有些人告状无门寻死了
不只是因为有些人活生生给累死了

画圈

小时候看见蚂蚁跑
就用樟脑丸画个圈

眼睁睁看着蚂蚁
原地直打转
就是出不来

到如今我发现
某些人还在这么干

只是把圈画到了
其他的地方

年关记

1991年
天寒地冻的
眼瞅着就要过年了

父亲却患了癌症
我揣着仅有的九千块钱
急匆匆挤上
开往太原的火车

半年不见
病床上的父亲
瘦得像颗枣核
父亲握着我的手
有气无力地说：
　"儿啊，你来了就好
你是长子
你得给爸做主
爸得了这病
即便钱花了
估计也是白搭
咱家这么穷
爸决定不治了
回去好吃好喝几天
死了也不后悔！"

母亲躲在角落里偷哭
弟弟低着头发愁
妹妹已吓成个木头人
我毫不犹豫地说：
　"爸，钱我带来了
不够咱再想办法
病咱必须得马上治！"
在我再三央求下
父亲这才很不情愿地
答应手术

手术前的那天晚上
父亲让我给他
好好擦擦身子
我用新买的毛巾

认认真真
仔仔细细
擦遍他身体的
旮旮旯旯
然后父亲让我
给他拿支笔
拿张纸

欠张某五百元
欠王某三百元
欠刘某三百元
欠韩某二百元
……

父亲边写边说：
"如果爸没了
你以后千万得
替爸把这些钱
一分不少还上
这可是咱村里人
从牙缝里为你爸
省出的救命钱！"
我含着眼泪说：
"爸，你就放心治病吧
钱我一定还！"

爸被赤裸裸地
推进手术室
母亲哭了
弟弟哭了
妹妹哭了
我强打精神
硬是没哭出来
那天的雪
来得比闪电还要迅疾
比暴风雨还要猛烈

看着漫天的雪花
母亲说那不是雪
是砒霜

鬼剃头

刚搬来这里时
对面是郁郁葱葱的树林
没多久树林被砍光了
挖掘机轰隆隆开来
只干了三天挖掘机就开走了
说是上面让缓建楼堂馆所

两年后砍光的大树
长出茂密的小树
小树又砍光了
挖掘机又轰隆隆开来
折腾了几个月
说是上面风声又紧了
挖掘机只好又悻悻而去

又过了几年
砍光的小树
竟长成了参天大树
就在前天晚上
树林突然着火了
一眨眼工夫
就变成一堆灰烬

我把以上现象
称之为鬼剃头

危险的夏季

马高明

危险的夏季

那是危险的夏季，她消失在
你突然闯入的那间黑色大厅里
你找不到那件东西
当你想赶上末班车的时候
你的心骤然紧缩，星星
纷纷坠落在地
在漆黑的小巷，你不知道
将被哪一位情人的尸体绊倒
天花板静止的温柔
提醒你在剧场的位置
过去，你常在无意中瞥见那件东西
而杂毛的鸽子刚刚学会以鹰的姿势
向城市的广场俯冲

末班车就永远开了过去

男女宾客将挤满没有出口的大厅
他们会送你别的什么东西……

不速之客

两道锐利的侧逆光
修剪着背影
对流的风
使线条柔和而奔放
拂动少女思绪的金发
轻飏，胳臂环抱起伏的肩膀

温柔的肘弯
枕着男人的梦乡
黑暗的走廊
两扇重新敞开的
欲望

锐利而残忍的逆光
扫帚探出
肮脏的脚，眼睛失明
侧过身来的是楼梯的渴望
诗人穿过这里
总也抑制不住
歌唱……

向往生前的好时光

X 光下我美丽的骨头
在体外生长。

冷笑过后
涟漪侵犯远方。

空洞洞的嘴伸出蛇信子
獾鼠，皮毛格外安详。

风中的芦苇叶
废弃的陷阱
守护雏鸟的翅膀。

我美丽的骨头咳嗽起来
惊动了死神的梦乡。

烟囱冒出骨灰
大雪纷纷扬扬。

X 光下
一株用来上吊的死树

向往生前的好时光。

翻过这一页

一生中
我内心的风景
总是被骚动与死寂
交替占领
从没有微风
拂动如瀑的长发
让我沉重的头
在温柔的肘弯中长睡不醒

我常常爬上天空
俯瞰云朵巨大的阴影
在地面上攒动
如不动的伤疤上躁动的补丁
也潜入水底
和鱼对视，一样呆滞
它们一动不动或一瞬即逝

一棵长久失修的植物
是我，我是一部分篱笆
不知围拢的是墓地
还是人家
乌鸦君临的寂寞
蜗牛喘息的恐怖
是我，我不是篱笆
一座停止生长的建筑

我渴望
渴望四月微风吹来的病
传染我，在四月里
无声地宣战
和自己，背对鲜花
我渴望
翻过这一页：
大脑皮层的坏死
四肢的喧哗……

走出病房

诗人生下来就遍体鳞伤
手术使世界充满声响

醉了，道路更加疯狂
海上的灯塔摇摇晃晃
星星进出眼眶
上升，以便坠落
为每一个人昭示死亡
从我心里飞出的鹰
盘旋归来
啄食我自己的心脏

三个道理

柏桦

三个道理

一个道理需求证
俳句是蒙出来的
这事发生在中国？

另个道理无疑义
老是模仿出来的
这事发生在全球！

第三个道理简单
没有写诗的职业
哪会有人的美满。

日本，你能赢吗？

"即使老师的影子也不能踩。"
即使打败老师的事更不能做。
梦中哭醒、笑醒、日醒、死醒……
还有人醒来是梦中往外跳伞呢

为何偏偏是熊本人来南京杀人
风——人类诞生之前的证据……
风——吹来三十万死者的寂静……
这风，我在什么地方已经说过？

日本盛夏亮绿，战术"三光"
脱亚入欧！"我们敬仰白种人，
我们瞧不起中国人。"可惜！

许多日本兵不懂得使用马桶。

说个笑话，ABCD包围了日本
战争其实不是冲锋，而是等待。
"玉碎"之后，妈妈桑干什么？
剩下的"千人针"又去了哪里？

循环不已

对于白石嘉寿子的鸟儿
"只有失去你时才能看见你"
对于博尔赫斯的宇宙起源
"黑暗则需要眼睛才能看见"
人的一生呢，阿米亥？
"当他失去了，他才去寻找"

每当拂晓，从谁的诗歌里，
我懂得一个循环不已的道理
——最好的恨恰恰是遗忘。
匕首插进虎腹，有股血的热情

太阳怎么会知道自己是太阳？
人，其实并不知道自己是人
哪一声咳嗽将吐出这口厌烦
瞧，那个人左臂密集的血管瘤

我是谁

弃我去者，昨日之日不可留。
乱我心者，今日之日多烦忧。
　　——李白《宣州谢脁楼饯别校书叔云》

我已经得到了不能选择的祖国
有个包袱在我背上重三千年？
怎么说呢，这肯定是我的错。
我就在错的路径上寻找着我
一生的往昔：我是北碚新村的谁？
我是重庆大田湾小学的哪一个？
我是在向阳电影院门口紧盯过
吃蛋糕的人？还是一个在封闭
的房间连续吃下三个蛋糕的儿童？
我也是那个少年在邮局夏日黄昏
细看过垂死的满头针眼的黄云龙
他曾有过短暂的飞起来的前程——

算而今，"我是那今非昔比的人，
我是黄昏时分那些迷惘的人。"

错人错地之怀旧情绪

人人都爱说不愿成为现在的自己
而只喜欢生活在过去的某个时代
怀旧情绪就这样随时随地穿越着——

但唯独冰岛！那个阿根廷诗人说
"笼罩它记忆的不是怀旧的情绪"
那意思是他愿成为他现在的自己？

人生在世只为了较量。他决意回
到1894年9月17日正午或下午
那几秒钟，他战死仅因为他找死。

黎明

黎明有时是铁灰的，
张爱玲钢盔令人入迷；
黎明有时是灰扑扑的，
满空不含铁，只有灰；
黎明有时又很像暮晚，
聚起一股不安的南方；
当然，这行诗最吓人：
"黎明是狼的爱情。"

哦黎明，叶芝愿意和
你一样无知，无耻……
哦黎明，纯粹而永恒
既无过去也无未来——
此时初生的牛不怕虎，
孩子又怎么可能胆怯。

我们

超现实主义诞生于哪一年？
公元前470年或450年？
一位古希腊哲学家说他像
一条露出海面的无声的鱼。
脱水而出，满目皆绿，好！
我爱的是树木吗，不如说
我怕的是树木，因为美是
恐怖的，神秘的森林更是
令人胆寒，当心！林中路……

后来1941年，一定是夏天
有两个少年本身就是时光——
他们迎着曙色前往：邮局，
电信，重庆，海底两万里——

翻书不读书，炫耀不证明。
他们注定成为成人的信使。
后来不是铜元局，后来是
散花楼让我们一块登上去
（为反对一切宏大的东西）

瞬间

我们短暂的生命是表现天意的瞬间。
——博尔赫斯

如一套节律，一套机械思维
一分钟有六十秒真实的瞬间
十分钟有六百次，以此类推
一亿分钟有多少次，开始乱
起来，或我们已失去了耐心
但回忆会帮助我们认清瞬间
某年某月某日下午四点零八分
三秒我握过临死者温暖的手

人的一生每一瞬间都包含着
他所有的过去和所有的未来——
这是王尔德瞬间说出的真理

赖活的可怕程度胜得过好死？
他的新工作，也可说新任务
即一瞬一粒，清点那恒河沙数。

现实论

现实与回忆哪个真实
有一句布瓦洛的诗

一直回荡在我的心里——
"我说话的时刻已经离我而去。"

现实与梦境哪个真实
我发现一间可以住下来的院子
但一切都转瞬即逝，奈良，
我们的缘分只有三小时。

现实与艺术哪个真实
曾有一个与我擦肩而过的人
他的神秘是虚的，
他的古董是假的，
石佛炸裂，可怕到哑默
它组成天体的暗物质……

丹麦与德国

丹麦以海和剑闻名，在中国却是
以ecco和曲奇。我们从未谋面，
但我梦见了你，再过百年，是的，
我们此生也不会见面？你消失在
五百六十二万五千零六十二人里

世上所有河流中，有一条叫莱茵
（Rhine），它的意思是水的奔流
我的幸与不幸虽与之无关，德国！
你那追溯的技艺不亚于诗的技艺
你那搏杀的激情不亚于爱的激情

令我释然的事

人不分老幼贵贱，每个天机里

都对应着一个人的死期"天意
之中没有怜悯"如放弃砍伐的
斧头呢，那就缺了环保主义者
"有怪癖的人曾以为自己是最
伟大的人"其实不过是水瓶座人

人人都会睡觉，这正常而平凡
吃完晚饭就睡，睡到翌日上午
吃过午饭又睡，一直睡到晚上
但从没人想过睡觉是件恐怖事
它使我好像没有存在过，活过
的是我（也是别人的）一个名字

桦树

关于桦树我们知道些什么？有人说它
永不凋零，有人说它是未来的树木。
广告一条："木材是一种极其复杂的
材料。我们只能着手于眼下的工事。"
记住UK！至少每间隔三行，我们必须
种桦树！是因为它的木质白里透红，
非常接近白种人的肤色吗？不，因为
它那非审美的却万能的实际用途——
（可桦树怎么成了英国画家的宠儿？）
嗨，屠砧，鱼竿，拐杖，桌椅，梯子……
嗨，担架，伞柄，衣架，球杆，织机……
筛筐和船桨，甚至阿喀琉斯的长矛！
甚至爱尔兰桦木自行车，2000英镑！
甚至乔·迪马吉奥的球棒50万美元！
一个，十个，百个，千个，万个……
一棵桦树！它到底能派上多少个用场？
航海人戴上了小小十字架作为护身符
然后，试试看，我们来利尿，来通便
来防风湿，再来喝上一大杯桦树叶酒……

常言道每一寸桬树都会满足人的需要
对于我们现在的和即将到来的生活，
你对桬树的感觉还这么包罗万象吗？
遗憾桬树不能做棺材，让给榆木去做。
遗憾诗人不歌唱桬树，只歌唱橡树。
"人都会爱一个伤口"却不爱树的伤口
我们年复一年，就这样不停地劈下去，
"采山因买斧"，伐木丁丁，鸟鸣嘤嘤……
是的，所有好男人劈桬树都有把好斧头

菲尔

说人的天赋是天注定
不如说人的职业才是
（神按需提供，有多少
天赋就配发多少职业）
菲尔成为木器车轮匠
既出自天——基因
（至于基因变异不讨论）
也出自地——环境
（至于环境无用不讨论）

菲尔的父亲是车轮匠
菲尔的祖父是车轮匠
菲尔的外祖父是车轮匠
菲尔的曾祖父是车轮匠
菲尔的母亲也是车轮匠
菲尔一出生就在车轮里

人寿七十，八十，九十？
转动的轮子则至少百年……
幸运的人，如同菲尔——
一辈子只做他喜欢的事。

毛发

人的毛发来自杯龙的鳞片吗？

我手臂上的汗毛，毛发神经
感觉到了你正向我靠拢过来。
下体毛发，一面骑士小盾牌
阴影里，一簇火星小闪光。

短发，一种消极的道德倾向。
无毛的雅各受到上帝的宠爱。
Anne Allison教授剪除毛发
阴毛游离在日本审查法边缘。

长头发才是加德满都的华丽？
大英帝国是羊毛催生出来的——
奥斯威辛，1945，苏联红军
发现了7吨犹太人的毛发。

"第一颗网球之所以充满弹性，
是因为它里面塞满了毛发。"
谁说了，钢琴演奏家和乐曲
之间，总隔着一层毛发呀！

马

"马有风尘气"——庾信
"马闲无羁绊"——白居易
"马过着自己独特的生活"——蒲宁

鲁云如马，见母如马
桃花颜色美如马
龙卵睾丸白如马
"一个庄稼汉在鸡蛋中找马"

那匹生了一只兔子的马？
在萧鱼，马口衔木，胖子迎客
抒情诗轻若马面细雨
死神一尊！坐在灰马上。

（小马耳通人性，
小马脾易喂养，
大马肺善飞奔，
大马心不惊跳……）
黎明的耕马呀，
跑得愈快，样子愈愤怒

"马何时睡觉，怎样睡觉？"
马每年杀一次人，怎样杀人？
人站马脖子下安全，
人站马屁股后危险。
但"做官就是荣誉，
就能骑在马上，
就能找到水源"。

永恒

世上没有独一无二的人，除了
斯威登堡。他从来不使用隐喻。
他的书几乎都是匿名出版的。
"他真像那个希腊人一样，
知道岁月是永恒的反映"——
人皓首穷经，从黑暗开始
"时间的夜河，自永恒清晨的源头
流淌……"地上有小青红橘子
它们是否从枝头上掉下来的？

庄子一尺之棰，日取其半，万世不竭。
博尔赫斯"十四分钟永远不会填满"

他"愿望的风格就是永恒"
晚酒"白夜"，早酒"曙光"
在适应和遗忘后，生活在哪里？
你认为他十五岁杀了一个人
又生了一个人，这两件事是一件。
他一生的成就来自年轻的煽情。
你现在是什么，死后还是什么。

夜晚

"我们不想象早晨，
因为早晨驱散节日。"
那我们会喜欢夜晚？
夜晚楼梯恐怖，塔
恐怖，树恐不恐怖？
切斯特顿！因为你
不能驱除来自树木
的恐怖，每到夜晚
我读《第二个童年》
六番轮回夜柔吠陀

知道

圣奥古斯丁知道
时间的第一秒与
创世的第一秒同步。
卢克莱修知道
氢原子的直径是
一亿分之一厘米。
中西裁缝知道
裁缝才有的裸露癖。
为什么一定是爱？

斯宾诺莎知道
上帝既不恨也不爱

我爱生活，我知道
我的学习听天由命……
有一个漫游时代
就有一个学习时代，
歌德，人是匿名的，
你知道你的真名字吗？

我就是我

牧羊人摩西问上帝的名字
（他想通过直呼其名控制他？）
上帝回答说："我就是我。"
难道上帝不知道自己的名字？

莎士比亚，我之所以能够活下去
全靠无涉他者，我就是我。
斯威夫特，我是上帝所成全的人
朽木可雕也，我就是我。
叔本华，我是回答过何谓"是"的人
是的！我就是我。

纸下面没有那一点，他帮我删除
这事发生在广州，1981年
纸上"十三行"还要复活？
错归错，而我就是我。

几人相忆在江楼

我想，我童年的尾声

注定了和歌乐山一起度过
那来自山风传颂的第十五中学
有两个学生，一个学工，一个学农

后来，我产生了一个困惑——
"美国人在欧洲下葬
人类在宇宙下葬……"
你在哪里下葬，亨利？
"死亡，这件不寻常的事
现在终于来了。"

还有个爱笑的小个子越南押沙龙
精致的欢乐终变成他的忧伤
岁月磨损着他的人寿……
也磨损着他的高尔夫寿……

揖别

车延高

胡姬

风哼着小调
春天用露水抹了一把脸
直接从一根柳条上走下来

酒幌一摇，胡姬从店里出来
她美，鬓边别着大青山上一片彩云

李白坐下的青骢马不走了

压酒劝客的时候
她走出一行红柳的模样
眼睛灿烂，有十万亩桃花在开

李白坐在那里
今天他一滴酒没喝
已经醉了

石匠

能从一块石头的沉默，读出
大山的心思
石匠的性子和凿出的基石一样厚实
习惯了被埋在底层
他们手里的铁锤和凿子寻找坚硬
手上茧就是LOGO
凿出柱墩、基石、门当、石狮和街石

石匠看重的人

会用青石为他凿一块碑

用一座山的重量去刻，像刻一座山

有人要石匠为他凿世上最高的碑

石匠在凿的时候

把这个人视为凿去的部分

石匠忙碌一生，刻了很多碑

却来不及刻自己的墓志铭

他倒下时

铁锤和凿子都累了，靠在墙边

不说话

忍

要忍的不仅仅是痛

望梅止渴是忍，委曲求全是忍

不让死灰复燃是忍

一枝红杏出墙来

把馋涎欲滴的手放下，也是忍

忍，是给无限放大的自我瘦身

是顺水顺风处与诱惑、香饵擦肩而过

忍，是一根独木通天堂

就把自己扔在一旁，让别人去挤

忍，其实就该傻傻的

存了心，自己和自己过不去

看着人家好

忍是个哲学家，喜欢诠释舍与得的关系

它反感城府

不会吟诵"人生得意须尽欢"的句子

忍一直在研究自虐这个词

他甚至想

如果耶稣活着，这个词

他会如何翻译

爱你身后的一段书香

因为你在那里喝茶，我的眼睛

迷上了宽巷子和窄巷子

就像一个画家迷上了你的左眼和右眼

茶香包围堂会，你用微笑包围我

咱们一同入戏

一声一声称你既夫人

我知道这个名字流行于前世，唤醒过

小街和驳岸

那是早晨，没有雾，你比现在生动

习惯在石板路上走

我在你的右边，是另一对脚印

那会儿我穷，一个迂腐的书生

不认识流长蜚短

提着没有绯闻的灵魂，在梦外游荡

你家院墙高，相府门第，青灯彻夜

可我就爱你身后的一段书香

心野，就有了翅膀，擅长在梦里做梦

想去天坑底部，为你修筑词的院子

里面很静，只剩下世界

我和你并肩，坐于一株兰的花萼

天很高，在云彩之上

这时没有世俗凡尘，时间失去刻度

山无钟声禅觉定，天有鸟道行踪稀

流水洗涤，鸟语无音

山谷，是两个人的山谷

揖别

青莲与一树桃花揖别处

舟横野渡。鸟去无音。

浪花把当年的音符洗瘦了

孤月当空。能照见汪伦的坟，没有青烟
孤苦伶仃

风已患上健忘症，哼不出完整的曲子。
纸幡，低吟浅唱，一声声喊冷

耳边跳出个熟悉的声音
桃花潭水还这么深，人情哦
咋就变得薄了

怕

领着沙粒奔跑的风停下来
和神一起打量恩格贝，不知这些树
从哪儿来

就像我，注意了树叶怎么鼓掌
却弄不懂沙柳是从哪里学来了这么优美的
舞姿
我所关心的是那个在树荫下卖风凌石的人，
他
已经开始兜售羚羊角了

这让我惧怕
怕心四处流浪的风染上铜臭
更怕树叶除了翻动风
还跟着工于心计的人，学会

数钱

就坐在雪花上

燕山落雪。不要点火盆
推杯换盏的人。温一壶老酒就可以暖热几根
豪肠

雪花和女人一样，也是水做的
多少河流冻僵了，她们怎么在天空舞蹈
衣袂翩翩？

李白当然坐在雪花上。六棱的精灵
比农家炕席小，比一只手摘下的斗笠大

酒喝多了，知己少。
旧宅院像一个留守者，破败的门
喝着西北风

冒充肩膀的矮墙，扛着来不及补的青天
大雪骄傲，骑一匹没有鞍鞯的山墙

不像獠牙的冰凌一口一口啃着冬日
清泪涓涓
滴水穿石

苦难

苦难，是幸福蹲在一旁
看落井下石的人出手，把一根根针
扎进欲哭无泪的心
痛被忍着，藏着，掖着
最亲的人从你气喘吁吁的脚印里看见血滴
践踏冒充跋涉，踩出泥泞的路
瘦成羊肠，瘦得细若游丝
荒芜尽头，长出野野的苦菜

山穷水尽，苦难在半坡村做梦
醒来，白日依依
柳暗花明是抄在纸上的诗句
坐禅的人，耳朵累，两岸猿声啼不住
眼里尽是悲，沉舟侧畔草木枯
鬼没有牙，帮一堆钱推磨
婚介所板着脸，一个年轻的声音说
没车没房白进来
绝望这家伙超生了好几个孩子
不会哭，也不笑

聊斋就有了炊烟

我熟悉蒲松龄，那个捻断数根须
写出一段故事的人
他介绍我认识了聂小倩、红玉
尤其是红玉，她的身世让我彻夜无眠
第二天清晨就爱上了她
那个早上，和她在露水里相见
她透明，玻璃质地，看不见表情
蒲松龄在远处站着，摆了摆手
风过来，他转身走了
红玉抹泪，我知道她不爱我
她的世界里只有一张照片
——蒲松龄
我用骨头剔出妒意，自倚修竹去玲珑
多年了，一直想见见他
可去聊斋的路太远，没有的士、大巴
不会骑马的我常常在梦里跋涉
到了那里
时间揭下脸上的画皮，诧异一笑
走了，留下一堆土
故事里走出一群男女，跪下，三炷香擎天
聊斋就有了炊烟，那么高的天空

就有了去天堂的路

我们

时间把日子串起来，搁进
白天黑夜轮回
让我们成为四季的奴隶
看春夏秋冬的脸色

饱尝风吹雨打、历经霜寒日晒
五味杂陈的酸甜苦辣浸泡出自信
挂起来，任来去无踪的风肆虐
一点一点把我们风干

多少年后，太阳和月亮的车轮把影子碾碎
死，对枯朽结算
没有肉体的灵魂平起平坐
历史缄默，沧桑改写苦难的化名

我们彻底轻松
灵慧转世，是埋在尘埃中的一片化石
天目自闭，心无纷争，除了骨头白
什么也看不见

温暖

由了风去，玛尼石走不动时
转经筒也会老，放弃轮回
听一部经书唱不倦的歌

哈达还是雪花绣出的白，高过额顶
雪山就从骨头里抽出一根根丝

当你温润了，柔情似水
把几朵白云别在胸前
天就低
我不抬头，都藏不住仰望

倘若云层上再跳出一瓣莲花
冰清玉洁和向往温暖在半空里皈依
生和死一定抱头痛哭

这时你十八岁也好，我三千七百岁
也好
该自信了！还有什么看不破

没有花开万年
桃红柳绿不等于风不闯祸
白发苍苍也不责怪花容失色

多好啊
格桑花开过了藏红花开
妒忌的雪花只管去冰川贴封条

一只蜜蜂傻乎乎的，向最后一朵花
倾诉

花也笨，不会察言观色

铁轨

人小小的，总想那边是个姐姐
才有两根长长的辫子

后来奇怪铁路为什么有枕头
火车况且况且地呼啸
铁轨累，怎么睡觉

再后来，趴在铁轨上听火车心跳
刀给枕木刻字，让眼睛默写
我是天的辫子

渐渐大了，隔一层泪水看
铁轨太直太硬
落定了被碾压的奔波命

它是心不忍丢开的，最长的手臂
一头拽着家
一头牵着不服命运的游子

从这头到那头，用一生的长度丈量
分离，是不是最长的距离
枕木和枕木近
出走的人为什么和家那么远

现在老了，心已活得白发苍苍
纠结一把老骨头的去处
琢磨铁轨的那头接不接天路

一厢情愿地想
走，还是要回头一笑，对所有的人
还要趴一次铁轨
这是耳朵的习惯，要听听那边有无锣鼓声

铁轨冰冷
不出声，它不会给形式探路

干净

你一头乌发越黑
以泪洗面的眼睛就越干净

当你不再为没有灵魂的绯闻发怒
眼前飞飘一万张白纸
墨滴
都不开口

只有剪刀大咧咧地说
沉默是金

白头

没有别的办法
我只能让你的年轻停留在这首诗里

漂亮，是上帝给的
你又赠予我
爱你
是这一辈子的使命

问题是我认认真真地老了，坐在河岸
看着芦花替秋天白头
心里寒冷
就试着超越季节，活在你喜欢的诗句里

不要灯光，不要花开，不要星星
只剩下眼睛对视
四下一片漆黑
没有雪花，没有梨花，没有墙的白

一个声音从很远处来
你是我的玫瑰，你是我的花
你听
我看你

手里的玫瑰就哭了

股市

是世上最大的资本交易连锁市场
股本身后跟着资本

股市是市场做东的赌局
法律和交易规则是没有敌手的保镖
股市的兴奋剂和降压灵是利好和杠杆手段

当一个散户真好，不用去交易所
有一台电脑就是操盘手，可以纵横天下

这里是现代版的短兵相接
兵不血刃，就能巧取豪夺，攻城略地

股市喜欢在涨的时候下套
又借着跌势挤水
股市最容易出现的病症是
头脑发热
大脑进水

进入股市的都是成年人
和幼稚、天真握别了多年
自己选择的！就该自己做主，自己担当

股市其实也讲面子
它给出一个资本自由博弈的空间
从不说自己给出的是天堂
但也怕亏了的人骂它是地狱

它明白得很
亏的、赚的都在社会和生活里流转
就像一架机器里的
机油

牛粪

我一直想不明白
一生跋涉的奶牛
怎么会被一片草原拴住

每天咀嚼青草
挤出的奶为什么雪一样白

最让我不能理解的是
那个一直把嘲笑挂在嘴边
说一朵鲜花插在牛粪上的人
却用牛奶
养出一个如花似玉的女儿

让这个不喜欢牛粪的家伙永远想不到的是
他女儿不动声色地爱上了我

有一天，当我放牧天边
会用一个很正式的仪式告诉他
牛粪是土地的发髻

一朵鲜花，可以插在
很牛的粪上

从天府广场穿堂而过

梁平

从天府广场穿堂而过

十六年的成都，
没有在天府广场留下脚印，
让我感到很羞耻。有人一直在那里，
俯瞰山呼海啸，车水马龙，意志坚如磐石。
而我总是向右、向左、转圈，
然后扬长而去。为此，
我羞于提及，罪不可赦。
那天，在右方向的指示牌前，
停车、下车、站立、整理衣衫，
从天府广场穿堂而过——
三个少女在玩手机，
两个巡警英姿飒爽，
一个环卫工埋头看不见年龄，

我一分为二，一个在行走，
另一个，被装进黑色塑料袋。
一阵风从背后吹来，
有点刺骨。

深居简出

骑马挎枪的年代已经过去，
眉目传情，只在乎山水。
拈一支草茎闲庭信步，
与素不相识的邻居微笑，与纠结告别。
喝过的酒听过的表白都可以挥发，
巴掌大的心脏腾不出地方，

装不下太多太杂的储物。
小径通往的府南河的活水，鱼虾嬉戏，
熟视无睹树枝上站立的那只白鹭。
那是一只读过唐诗的白鹭，
心生善意，脉脉含情。
后花园怀孕的流浪猫，
哈欠之后，伸展四肢的瑜伽，
在阳光下美轮美奂。丑陋的斑鸠，
也在梳理闪闪发光的羽毛。
我早起沏好的竹叶青，
茶针慢慢打开，温润而平和。

隔空

很南的南方，
与西南构成一个死角。
我不喜欢北方，所以北方的雨雪与雾霾，
胡同与四合庭院，冰糖葫芦，
与我没有关系，没有惦记。
而珠江的三角，每个角都是死角，
都有悄然出生入死的感动。
就像蛰伏的海龟，在礁石的缝隙里与世隔
　绝，
深居简出。
我居然能够隔空看见这个死角，
与我的起承转合如此匹配，
水系饱满，草木欣荣。

投名状

水泊梁山的好汉，
再也不可能成群结队了，

招摇过市与归隐山林都不可能。
我四十年前读过的水浒，
那些杀人越货的投名状越来越不真实，
轻若鸿毛。
而我，所有的看家本领，
只能在纸上行走，相似之处，
与水泊梁山殊途同归。
那天接了个熟悉的电话，
说江湖有人耿耿于怀，
有人指名道姓。
我不相信还有江湖，有团伙，
即使有也绝不加入。
老夫拿不出投名状，
离间、中伤、告密、制造绯闻，
诸如此类的小儿科，
不如相逢狭路，见血封喉。
所以，一笑而过的好，
他走他的下水道，
我写我的陋室铭。

盲点

面对万紫千红，
一直找不到我的那一款颜色。
有过形形色色的身份，只留下一张身份证。
阅人无数，好看不好看，有瓜葛没瓜葛，
男人女人或者不男不女的人，
都只能读一个脸谱。
我对自己的盲点不以为耻，
甚至希望能够发扬光大，
不辨是非，不分黑白，不明事理，
这样我才会真的我行我素，事不关己。
我知道自己还藏有一颗子弹，
担心哪一天子弹出膛，伤及无辜。

所以我要对自己的盲点精心呵护，
如同呵护自己的眼睛。
我要把盲点绣成一朵花，人见人爱，
让世间所有的子弹生锈，
成为哑子。

免疫力

感冒不期而遇，
喉咙发痒、咳嗽，一把鼻涕一把泪，
见不得人，把自己隔离。
病毒环游我的身体，
所到之处留下标记：软，软，软，
软到梦无颜色，羞愧难当。
我那当医生的朋友说我自作自受，
说是免疫力下降，无药能敌。
免疫力被敏感偷走了，
免疫力被迟钝偷走了，
免疫力被无辜偷走了，
免疫力被牵挂偷走了，
免疫力被心乱如麻的长夜偷走了，
病毒乘虚而入，身体溃不成军。
如此而已，只能自己下处方——
最好的药是取回被偷走的睡眠，
闭上眼，净心，净身，净念，
诸事视而不见，睡它个难得糊涂，
不明不白不闻不问，
一觉醒来，还是丽日清风。

梦醒时分

从大邑收租院回成都，

正午时分，阳光，白云蓝天，
车上做了个白日梦。
旧年的忆苦思甜，我的同事，
正在控诉地主恶霸的罪状——
他声泪俱下，手里拧着一条破麻袋，
说是他一年四季的衣服。
说那时暗无天日，穷人上无一片瓦，
下无一寸地。
此刻汽车一个急刹，我醒了。
他也醒了，两眼迷糊，脸色潮红。
我说我刚才做了个梦，
他说他刚才也做了个梦，
他终于买了房，
女朋友答应和他结婚了！
我的同事，入职二十年，
四十岁的单身狗做了个好梦。
我望着他，说不出话来，
实在没有勇气告诉他，我做的梦。

耳顺

上了这个年纪，
一夜之间，开始掩饰、躲闪、忌讳，
绕开年龄的话题。我恰恰相反，
很早就挂在嘴上的年事已高，
高调了十年，才有值得炫耀的老成持重。
耳顺，就是眼顺、心顺，
逢场不再作戏，马放南山，
刀枪入库，生旦净末丑已经卸妆，
激越处过眼云烟心生怜悯。
耳顺能够接纳各种声音，
从低音炮到海豚音，
从阳春白雪到下里巴人，
甚至花腔、民谣、摇滚、嘻哈，

皆可入耳，婉转动听。
从此，世间任何角落冒出的杂音，
销声匿迹。

花名册

进入你生命里的花名册，
构成你生命的全部。
比如家族基因的大树，盘根错节，
枝繁叶茂。而这些之外，
东西南北的张三李四王五，
上下左右的赵八钱七孙六，
人世间来回一趟高铁，
从始至终。起眼每一个站台，
熙熙攘攘，勾肩搭背，擦枪走火，
如同家常便饭，随遇而安。
至于眼睛里夹沙子，
鸡蛋里挑骨头的强人所难，
就当是挑战极限最轻松的游戏。
所有邂逅与相识进入花名册，
所有同行与对手进入花名册，
时间堆积，如同著作等身。
珍惜你的花名册，就是珍惜自己，
别在你生命的呕心沥血里，
假设敌意与对抗，平心静气。

偷窥

我在涅瓦河的白夜里，
从一只大瓶黑啤的玻璃后面，
找那支萨克斯。
看见摇晃的音符溅起泡沫，

溢出她的嘴角。
她在我眼睛里发现了这个细节，
指头不动声色的一抹，
然后满桌子寻找，
没有一张可以使用的餐巾纸，
神情有点慌乱。
我于心不忍，
把目光漫无目的地移开，
回过头来，
她已恢复了镇静。

通宵达旦

九眼桥的廊桥，
在这个城市很有名，夜夜灯火。
那支廊桥遗梦的旋律，
布下天罗地网，如泣如诉。
桥头南河苑有我一张床，从来没有夜过，
霓虹、月华，和水面上的波光，
闭上眼都是挥之不去的汹涌。
悄无声息的汹涌通宵达旦，
我就在床上，窗帘很厚，
安静得可以致命。

北京是一个遥远的地方

北京很遥远，
我在成都夜深人静的时候，
曾经想过它究竟有多远？
就像失眠从一开始数数，
数到数不清楚就迷迷糊糊了。
我从一环路开始往外数，

数到二百五十环还格外清醒，
仿佛看见了天安门、人民英雄纪念碑，
看见故宫里走出太监和丫鬟，
我确定我认识他们，
而他们不认识我。
于是继续向外，走得筋疲力尽，
北京真的很遥远。

秘密武器

记得住门牌，
一直记不住密码锁的密码，
手指在触屏机械性滑动，门开了。
我对自己的手指近乎崇拜，
即使喝得烂醉，也没有一次闪失。
我怀疑我手指藏有天大的秘密，
可以克敌制胜，化险为夷，
可以上天入地，行云流水，
所以，绝不轻易出手。

在致民路

致民路从府南河上岸，
披上我的外套，密集的酒吧，
排列成胸前整齐的纽扣。
川大与川音，
两个学府锁不住的蓬勃，
把我纽扣解开、扣上，
让我时常有衣衫不整的感觉。
萨克斯徘徊摇摆，
重金属打击连绵不绝，
红衣少女的摩拜单车擦肩而过，

花腔女高音卷起红尘，
没有人诧异。
店家小二吆喝的"串串"，
也有了民谣的味道。
我在致民路上改写了身份，
行走多了节奏，
谈笑少了皱纹。

沙发是我的另一张床

黑夜是我的脸，
沙发是我的另一张床。
早出晚归在这个城市习以为常，
倦鸟不择窝，身后尾随的目光、夜影，
被拒之门外。一支烟，斜靠在沙发上，
烟头的红灭了，眼睛闭了，
只有明亮的灯孜孜不倦地陪伴，
沙发上和衣而睡的梦。
好梦不上床，床上的梦，
即便春暖花开，也昙花一现。
还不如沙发上胡乱摆一个姿势，
结拜些鬼怪妖魔。
只有遭遇最黑的黑，
才能收获灿烂。
早晨起来，换一副面孔出门，
满世界风和日丽。

别处

我一直在别处，
别处神出鬼没。
从来不介意的别处被我一一指认，

比如我的重庆与成都。
重庆的别处拐弯抹角，
天官府、沧白路、上清寺。
成都的别处平铺直叙，
红星路、太古里、九眼桥。
我在别处没有一点生分，
喝酒的举杯，品茶的把盏，
与好玩和有趣的做生死之交，
与耄耋和豆蔻彼此忘年，
亲和、亲近、亲热、亲爱，
绝不把自己当外人。

与一只蚊子遭遇

迷糊之中，
轰炸机在耳边飞翔，睁不开眼，
顺手一巴掌落在脑门，
有撞机的感觉，有血腥，
懒得起来寻找尸体。
才想起已是冬季，不明白这季节，
也有那厮黑灯瞎火里的侵犯，
就像祥林嫂不明白冬天也会有狼。
终究是睡不着了，
满屋子残留嗡嗡的声音，
把我带回了1938年的重庆，
磁器口的防空洞，伸手不见五指。
我之前写过的一首诗，
成为祭文。

2点零5分的莫斯科

生物钟长出触须，

爬满身体每一个关节，
我在床上折叠成九十度，
恍惚了。抓不住的梦，
从丽笙酒店八层楼上跌落，
与被我驱逐的夜，
在街头踉跄。
慢性子的莫斯科，
从来不捡拾失落。
我在此刻向北京时间致敬，
这个点，在成都太古里南方向，
第四十层楼有俯冲，
没有起承转合。
这不是时间的差错，
莫斯科已经迁徙到郊外，
冬妮娅、娜塔莎都隐姓埋名，
黑夜的白，无人能懂。
一个酒醉的俄罗斯男人，
从隔壁酒吧出来，
找不到回家的路。

我的俄国名字叫阿列克谢

有七杆子打不着，
第八杆因为翻译讲究中文的相似，
我就叫阿列克谢了。
我不能识别它的相似之处，
不明白我为什么不可以斯基，
不可以瓦西里，
不可以夫。
唯一相似的是我们认同，
俄罗斯的烤肠好吃。
斯基还喜欢面包，
瓦西里还喜欢奶油，
夫还喜欢沙拉。

我在莫斯科的胃口，
仅限于对付，有肉就行，
也不去非分成都街头的香辣，
眼花缭乱的美味。
所以我很快融入了他们，
还叫我廖沙、阿廖沙，
那是我的小名。

健忘症复苏计划

巫昂

健忘症复苏计划

1.万红西街

有一年冬天

最冷的那几天

我受邀去中央美院研究生院的学生宿舍坐一

坐

他们住在平房里

自己砌的炉子

四个男生围着我

有的在观察我脸上的明暗变化

有的专注于线条

有的希望这里或者那里

能显示出更温暖的色彩

只有一个男孩只想着上床

深夜，我们在昏暗的路灯下告别

背后是一整排骑着高头大马的骑士

雕塑想要复制人

却又无法复制出此刻

男孩们全都握紧了自己的手

什么都没有发生

除了又一根水管被冻裂

2017.11.4

2.女孩复读机

我们刚认识的时候
他有八个女朋友
其中一个略稳定
处于同居状态
第五个和第八个
"的""地""得"不分
他送到每个女人家的花束
往往挂上了霜
第六个是处女
她们都是主动的
这个城市绝望的女孩儿
比你想象中多多了
我们认识的中期
女孩的总量不变
但具体的人有所调整
有个女孩突然结婚了
和别人
另外一个试图割腕
她听说伏特加倒在浴缸里最管用
真的买了两整瓶
喝了一瓶，另外一瓶尽数
进入了她的血液
死去的女孩仅此而已
我和他从不熟到略微有点儿熟
他请我喝啤酒
我们在昏暗的酒吧里讲这些女孩
一个接着一个
西门子上班的
在东城区有房的
管他叫老公管别人也叫老公的
他和其中一个开了一个联名的博客
一起写侦探小说
他甚至把密码给了我
让我去围观他们热烈的情爱和刀痕

你想当第九个吗？
他问我，不止一次
不太行，我占有欲太强了
我说，当然，我们并没有因此少喝
也没有再见面

2017.11.4

3.菊儿胡同

我经常住在朋友家
一只不落痕迹的寄生虫
有一次，住在女友和她的老外男友家
我睡在沙发上
听他们一整夜，既不做爱
也不收拾屋子
而是在谈论一个玄而又玄的话题
用两人都不熟悉的英语
我在心里，默默地为女方做翻译
再为男方做翻译
全心工作，彻夜未眠
后来，只好跑到厨房
偷了一点腌橄榄吃
就着凉白开
北京的秋虫叫得格外的响亮
虫儿在说什么
秋天在说什么
我坐在楼梯上
等着阳光照到楼道里
阳光缓缓出现的模样
就是2006年

2017.11.4

4.新街口

那个把Tom Waits介绍给我的男人
不久前在新街口一栋高楼上
跳楼自杀
Tom Waits，那个精瘦老树皮
每次提及我喜欢的歌手
都要提到他
其实那个跳楼自杀的朋友
还告诉我齐柏林飞艇
史密斯飞艇，飞艇皇后，飞艇妈妈
年轻时代的我们
偶尔会给对方打个电话
问个其他人的手机
然后顺道地，问问对方的近况
他总是挺好的，我也是
在寂静的、黑暗的、地下的世界
我想他会在严冬到来之前
穿上军绿色的、过膝的帆布长夹克
对于久违的我们来说
你还住在新街口附近
一如往昔
我把浅薄的伤感
写成了一首诗

2017.11.4

5.监狱风云

铁丝网上挂着一些塑料袋
在风中飞舞
我的体质热烈，容易招惹
冰冷的二次元蚊虫
去探监，再从监狱的门房领出一道圣旨

一路上辉煌的词句伴随着出租车
司机用卷舌音解答了我多数的问题
一个人怎么会有生命？
生命终结的形态由谁界定？
他这种死法，跟别种
并无高低贵贱之分吧？
执行死刑那天
我们大家正在沪江香满楼吃晚饭
举杯庆贺一位老朋友离去
一个新生命行将诞生于
朝阳妇产医院

2017.11.4

6.樱桃沟

我没去过樱桃沟
但总是在它附近路过
你告诉我：那里面长满了樱桃树
你也没去过樱桃沟
我们在一棵梨树下谈论樱桃的红
比赛吐出的核的远近

那时我的胯紧而实
躺在岩石上
像圣徒受难，女体的
我只能用一根指头
虚拟地、远远地触碰你的背

你用所有能飞的鸟禽
来形容我的形体
除了白色羽毛
我们对彼此的欣赏简直到达了
门头沟的极限

然后在复兴门地铁告别
永远地

2017.11.21

苹果树下

苹果树下，烟火气十足
一个人不再爱另外一个
的信号那么清晰
我在厨房喝酒
突然，酒里出现了苦的味道
杯底残留着葡萄皮的碎屑
喝完这杯酒我应该清洗
所有的碗碟
关灯，睡觉
然而，一个人不再爱另外一个
的信号那么清晰

2017.12.9

早餐

整个早餐，一个多小时
我们互相对望
像是在吃东西
女体的你，男体的我
分坐桌子的两侧
香肠、土豆、包子和面条
尘归尘，土归土
你我融化了一段时间
时间背后有明镜高悬

2017.12.10

寂静岭

天黑之后，我坐在床上
打算写首诗，打，算
最后一行我会预留给这十二月
倒数第二行给冷清的脊梁骨
不知名的女歌手在唱
不知名的歌
她一定穿过荒漠，刚刚到达镇上
落定，吃了一顿饭
红薯抽丝拌在白米饭里
沙漠用它养活了所有的过路人
我也是过路人
歇息在这张床上
我有一枚徽章得挂在墙上
一个永远不会忘掉的人
要安葬在屋后
我要去镇上买些白砂糖
回来做甜糯米饭
此生荆棘密布，幸好还有寂静岭

2017/12/11

音乐你可以不停歇

音乐你可以不停歇
阴雨天气它还在窗外
音乐你的节奏是对的
像一颗笋，一颗笋落在地里
音乐你忍住不看那个片刻

那里面有很蠢的东西
笋的愚蠢而非竹子的

2018.1.4

等待

你进山了，山里有一只
风景的巨兽
你需要光影、形态
此刻和下一刻之间微妙的变化
山里下了大雪
雪里埋了那只看不见
也永远不会死的巨兽
所有人都在思慕它
想要得到它
体温低于零下十五度的巨兽
毛皮刺拉
也许你已经骑在它身上了
但你不知道
也许你昨晚听到了它的鼾声
但你不知道，你站在山脊上
等待它睁开眼睛直视你
值得为此荒废一生

2018.1.8

这个冬天我和你一起度过

这个冬天我和你一起度过
把我的热烈和勇猛精简五十分之一
快递给你
附言：见之如晤

我在避免见面，每见一次
都会消耗五百万个细胞
时间在此期间弯曲扭转掉头
我的热烈因此遇到了冰冷的水
让冰水回到水里
带着热烈的因子亲爱的
我们可以通过读同一本书
抬头看同一个天空达成一致
包括不可能一致的一致
包括你没说出来的部分
我听得懂你腹部的语言
针织出来的刚硬
但不要触碰

2018.1.29

无爱可诉

你把莫扎特喊成莫扎
这还挺特别的
你喜欢肖斯塔科维奇
我迷恋俄罗斯漫天遍野的雪
我们一起在夜空中旋转
这确实挺贵的
贵重的贵，珍贵的贵
怯弱者乘着暮色离开
怀孕的人在桌子前工作
你视我为第八十九个琴键
总是在悬崖上站立
会有更多跌落的机会

2018.2.26

爱总是让人变得荒唐

留了个夜灯
他们在黑暗中
光着身子
甚至叫喊、想要撕碎彼此
各自的婚戒闪着金属的幽光
有些人就是为了体验婚后出轨
而结婚的，另外一些
结了婚并不知情
他们饱含了爱
的汁液
并制造出了爱的篇章
反复琢磨着
爱的情节
为爱出了一身又一身的汗
不管气温如何
不管气温如何，爱总是让人
变得荒唐

2018.2.26

水果刀

把水果刀拽在手里
深知它是可以切割肉
水果、蔬菜的
把刀刃切入舌尖
在鲜血的引导下走到镜子前
看看这样的画面是否足够迷人
可以缓缓转身
我说，可以的
你是星际迷航中的一个意外
你躺在我怀中犹如

不知道自己已经丧失了
什么，你应该首先是自己
然后切开自己
然后看着灵魂从胸口缓缓升起
像一只刚刚远离痛苦的动物
刚刚，刚刚

2018.2.26

死亡是一种

死亡是一种
值得你活下来等待的东西
在抽完烟之后
和你的所爱对视之后
死亡随着天上的水
来到地上
带走了一些地上的人
不能放手的东西
死亡走了一路
种下了一路的豆子
这些豆子早上像向日葵
下午像稻草
你留意到他的时候是一只冷冻柜
你扭头不肯看他的时候
他从后面抱住你
亲吻你

2018.2.27

分泌物

确切地说

诗是我的分泌物
分行的，不分行的
睡醒后跟你说的话
睡觉前听你说的话
确切的分泌物
和切得支离破碎的
并无差别
一小团和一整片
滋味各有不同
你正在认真地品尝
我所有的分泌物
四季不过是从餐桌这头
坐到那头，厨子会换
但核心区放着一支
永远怒放的花

2018.2.28

谁承想

谁承想一只动物
能够上墙
它踩在另外一种动物身上
给绝望喂点儿狗粮让它自己待会儿
多好啊，我们都进入了
黄金时代
黄金和着泥，和着所有的肮脏
和硬
哪怕黄金淌出毒汁呢
我们也要一饮而下
这命就在你手里，我的神
你捏一捏我就碎了
你再捏一捏
我就远离了黄金时代

心神不宁万念俱灰
我也上了墙，静止成墙的灰
墙的皮

2018.3.3

生命所有的秘密

锁在一个保险箱里
密码需要耗费多年去计算
枪顶在脑门上
那个魔鬼挟持了你的孩子
他被放在一堆玻璃碴上
背部鲜血淋漓
绥芬河、乌苏里江
你顺流而下，风餐露宿以及吃冰

残酷常常就住在
爱的隔壁
生命里所有的秘密
吞吃不尽，生吃不尽
煮熟了也是生肉一块
你用过刀叉
再用筷子
那恍惚与陌生几乎毁掉了你

2018.3.6

天机

胡续冬

天机

从幼儿园老师的讲述中，
我看到了一个不一样的你：
瘦小的身躯里藏着千吨炸药，
旁人的一个微小举动可以瞬间引爆
你的哭号、你的嘶叫，
你状如雪花的小拳头会突然变成冰雹
砸向教室里整饬的欢笑。
我歉疚的表情并非只用来
赎回被你的暴脾气赶走的世界。
我看着老师身后已恢复平静的你，
看着你叫"爸爸"时眼中的奶与蜜，
看到的却是你体内休眠的炸药里
另一具被草草掩埋的身躯：

那是某个年少的我，
吸溜吸溜地喝稀饭，
遍地吐痰，从楼上倒垃圾，
走在街上随手偷一只卤肉摊上的猪蹄，
抢低年级同学的钱去买烟，一言不合
就掏出书包里揣着的板砖飞拍过去。
我们自以为把过去掩埋得很彻底，
没有料到太史公一般的DNA
在下一代身上泄露了天机。
女儿，爸爸身上已被切除的暴戾
对不起你眼中的奶与蜜。

2017年12月24日
写于刀刀5岁生日

七年

七年前的12月31号，坏消息
传来的那一天，我正在家中下厨，
一年一度，把我的学生们聚在一起
过跨年夜。那天一大早，
我就带着怪咖学生星娃去了西苑早市，
让即将出国留学的她观测
菜市场里博物学的漩涡。
我们先来到了写有歪歪扭扭的"南方菜"
字样的一块硬纸壳下，卖菜的连云港小哥
把我从一群挑菜的千手观音里拉到摊位后面，
打开了一个沾满泥巴的大口袋：
"大哥，今天最好的冬笋都在这里，
给你留着的。"我买了冬笋、芦笋、豌豆尖，
又带着星娃来到了长得像赵本山的
四川达州老哥的菜摊前，他家的儿菜
已在塑料布上排成了一个儿菜幼儿园。
我带走了其中绿得最吵闹的一个班。

在黄陂刘姐的摊上，我挑了一把
身强力壮的紫菜薹；在河南南阳大婶的摊上
我买了几个本分的西红柿和怯生生的小土豆；
又从口红总是涂得十分低调的邯郸蘑菇姐那里
挑了一堆没有漂白过的脏口蘑。
早市最西北角的特菜门店，是
连云港小哥的表姐夫开的，他熟读陆文夫，
梦想做一个美食家。表姐夫递给我一根南京烟，
让我尝了一勺他正在煮的腌笃鲜，
跟我聊起切火腿的刀法，
和他念大学的女儿开的韩版爆款淘宝店。
我从他家买了薄荷、香葱和小米辣，
他坚持不收我钱，只让我有空时再陪他聊天。
肉类大厅入口东侧的安徽夫妇
一如既往地给我拿出了整个市场最好的五花肉，
红白相间的层次，可以数到七。
水产厅里，南充鱼婶让她的哑巴儿子
给我挑了三只牛蛙，
剥皮时，摊上水槽里的一尾胖头鱼奋力跃出，
想要在地面上开始新生活。我帮哑巴儿子
把鱼又抓了回去，他笑得像个兄弟。
我带着星娃穿过早市西边的一个垃圾场
来到一排违建平房北边的第二个门。
那是吉林鸡姐的秘密店铺，
借奥运之名，活禽摊被禁至今，
买活鸡须有参加地下抵抗运动的激情。
鸡姐从屋后隐蔽的鸡舍捉来貌美芦花一只，
拨开脖子上的毛让我看了看皮下的黄油。
"就是你要的那种油特别黄的柴鸡，昨天
才收来的，想着你这两天就会来。"
鸡哥手起刀落，拔毛机轰响几声之后，
干干净净的芦花已装进了黑色塑料袋。
我帮鸡姐的小女儿看了看英语作业，
鸡哥感叹："学得再好，初中都得回老家读。
北京容不下我们呐，真要轰我们走
指定比我杀鸡还麻利。"麻利。

我一下午都在家里麻利地做饭。
晚上，学生们麻利地吃着导师的麻辣，
麻利地在饭后谈起各自未来的不麻利。
就是在那时候我接到了那个上海打来的电话
告知我马雁在前一天离世的消息。
那时候，星娃在厨房里洗碗，七年后
她在美国写道："洗碗好难好难。"
那一天之后，我再也没有在家中
请学生们吃过跨年饭。三年前，西苑早市
被全部拆除，人与菜，皆不知去了何处。

2017年12月30日写于马雁七周年忌日
部分回忆取自星娃的《碗》

埃库勒斯塔

1
埃库勒斯塔，公元二世纪
罗马人在西班牙拉科鲁尼亚的海边
留下来的灯塔，是另一片
闭锁在石头里的海。在塔里
能听见海水的手掌击打着
石块的内壁，你附耳过去，
就会有一小滴被囚禁的海
挣脱了物理学的诅咒，溅到
你的眼中。当你登上塔顶，看见
腋下夹着大半个天空的大西洋
从远处呼啸而来，丝毫感觉不到
你眼中有细小的急切之物
纵身跳进了塔下的巨浪。
你或许能听见石头深处传来
海水的鼓掌声，像一群狱中志士
在庆贺又一滴狱友重返骄傲的蓝。

2

我登上埃库勒斯塔是在
十月里一个稀松平常的日子。
城市、原野、礁石
在大海面前相互推搡，轻易地
把视野让给了一个巨型的远方。
塔顶有三三两两的白人观光客，
我能从他们对远方的赞叹里
识别出法语、德语和波兰语。
然后我注意到了站在护栏尽头的
那个孤零零的老人。
他一直在哭。
对着远方，张开嘴，闭着眼哭。
他努力不弄出任何声响，肩背颤动得
像暴风中一副快要散架的农具。
他长着一副东亚面孔，衣着
不似任何一类观光客。我小心翼翼地
用汉语问他是不是中国人，
他点了点头，试图用磨损的衣角
擦去满脸的泪水。我递给他一张纸巾，
慢慢问起他为何独自在这里、
在这个中国游客罕至的地方默默哭泣。
语言不通受了委屈？跟丢了旅行团？
他感激了我的善意，但并没有
替我解谜，只是告诉我，他来自
河南南阳，这是他第一次离开他的村庄。
突然间，我想起：埃库勒斯塔就在
去往圣地亚哥的朝圣之路上。
我问他："您是天主教徒，
要徒步去圣地亚哥？"
他那双哭红了的眼睛骤然一亮，
想要说话，却又犹豫了一下，手画十字
朝我礼貌地笑了笑，而后踉踉跄跄地
走下了楼梯。我站在他刚才站过的地方
想看看他到底看到了什么：
那巨型的远方会幻化出怎样的悲伤？

我看见腋下夹着全部天空的大西洋
从海平线呼啸而来，我猛然感觉到
眼中有海量的急切之物
想要纵身加入塔下无边而骄傲的蓝。

如何举办一场云婚

首先，需要坐在黄浦江边
用轮船的汽笛声去敲天上的云
像挑西瓜那样。如果有一朵云
既温润，又活泼，敲击时发出
冬季未名湖冰层下塞纳河的流水声，
那就是它了，全世界最好的云，
它一出现，天空中第二好的云
就会因为过度紧张变成翻车鱼。
还需要找一个文青，不是那种
普通的迎风流泪的文青，
他必须满面虬须，有一坨壮硕的灵魂
他必须心细如发才如斗，能够看出
九马画山在漓江的倒影
其实是那朵正在书写艺术史论文的云。
如果都找好了，接下来需要做的是，
在2月25日下午6点18分的陆家嘴
把婚礼进行曲演奏成鲲鹏的形状
让文青骑着它飞进全世界最好的云。
那一刻，所有的人都指着天边说：
"快看！好漂亮的火烧云！"
最后，请拿出手机扫描火烧云里的二维码
你会穿越到一个叫作百年好合的星球，
在那里，所有认识的、不认识的、
感冒的、嗷嚎的、做PPT的、发毒誓的人
都会突然间热泪盈眶地拥抱在一起：
云婚是人和宇宙的终极秘密。

2017年2月25日写给茹芸、文青的婚礼

六周年的六行诗：给马雁

飞往新年的枭形时间总是在这一天突然改变方向，
向下，坠入监控录像深处的2010年。在那里，
它把羽毛变回羽毛球，把鹰嘴变回鹰嘴豆，把飞行重启为
一具年轻的身体里词语与勇气赛跑的飞行棋。
六年来，这一天是泥土，是锇，是栀子花，是猃狁，
是雾霾中成群的阿童木再度起飞，去一张字条里找你。

Bella Ciao
——给韩璐、偲偲和辰辰

密集的快门如骰子大把掷下，
分派着我们皮肉的偶然性。
我听见一粒多出来的骰子
"咔嗒"一声撞到了
合影深处的某个机关。
在两截笑声之间细小的缝隙里，
我看见三条通体透明的美西螈
从你们三个的身上爬出：
一条满嘴聪明的酒气，一条长着
会写诗的小虎牙，还有一条
尾巴上沾着一小坨北海龙卷风。
它们稍稍扭动了几下
就挣脱了各自的美西螈学位服，
游到合影上空的一团
代号叫作毕业的气流上，
对着你们三个唱起了歌——
Oh bella ciao, bella ciao, bella ciao ciao ciao!
你们没听见。它们把每一个ciao

都唱得像羽状外腮一样飘摇。
我从我的教学人形里
偷偷爬了出来，问它们
是不是要返回霍奇米尔科。
它们说no。它们要去打游击，
解放被中老年表情包占领的人生。
它们分别要去投奔
美术馆游击队、银行游击队
和万能翻译游击队。
它们告诉我，整个世界
其实都属于一个美西螈游击总队，
"师父，唱完这首歌，请回到
你发胖的人形里，做我们的内应！"
是的，我分明听见我和它们一起
在合影上空开阔的水域里齐唱：
Oh bella ciao, bella ciao, bella ciao ciao ciao!
游击队呀，快带我走吧，
我实在不能再忍受……

淇水湾

我一下水就感觉到
这片海在没收我身上全部的海。
山海关附近肮脏的渤海，我18岁时
吞下去的第一只海，被一个浪从我的胃里拽了出来，
渤海抖了抖它身上的塑料袋和螃蟹壳，
愉快地离开了我。2001年的深圳湾
也擦了擦它一身的淤泥
追着渤海跑出了我污黑的肺。海浪在我肋骨之间
拍醒了搂着我的乙肝病毒睡了12年的里约瓜纳巴拉湾，
它打了个哈欠，扭着它湛蓝的桑巴屁股
消失在这片海里无数个海水屁股波光粼粼的派对中。
海浪也找到了我藏在指甲盖下面的
2008年的墨西哥湾和2014年的加勒比海，

我曾习惯于观察双手合十之时

左手的古巴海水和右手的美国海水如何在我指尖相遇，

现在，我的指甲半月痕里涛声顿失。

我曾经从旧金山和台湾花莲两个不同的方向

把轰响的太平洋搬进了我粗暴的声带里，

这片海只用了它万分之一的天真

就让太平洋心甘情愿地抛弃我去做它迷途知返的母亲。

一个肱二头肌闪闪发光的海浪

刚刚从我腋窝下抱走阿姆斯特丹西边大麻抽多了的北海，

又来了一个大波长腿的海浪，

在海水的T台上走着十四行猫步，拐走了

在我的耳蜗里闭关写作的冰冷的巴伦支海。

这片海在没收我身上全部的海，

而我竟快慰于

通过我乏味的身体，所有的海都来到了这里。

自行车与栅栏之歌

那一晚，骑车人心事嵯峨

毕生的为什么、毕生的去你大爷

如真气疾速注入了胯下的自行车

夜半，车自行，孤单的链条

咔嗒咔嗒地与星空中成群的云形海豚唱和，

自行车的骨架间涌动着一堂工人运动课。

二八加重的永久游荡者

在盲动的道路上像一只钢铁黑天鹅。

它突然厌倦，龙头一阵锈渴：

它看见了那段铁栅栏。那是它的金属丽达。

自行车立起来，扑向栅栏上潮湿的空格。

它永久地插在那里，喷射着1980年代的热。

系统故障

梁小曼

系统故障

在谈论这个之前能否
将你从你身上解除就像
把马鞍从马身上拿下来
自我是一种不太先进的
处理器，它有时候妨碍你
运行更高难度的任务
但有了它，我们能解决
生活上的基本问题
身体不太健康的时候
我们能够自行去医院
能够进行简单的贸易
购买日常生活用品
促进消费，并因此得到

某种多巴胺，那有益于
我们怀着一颗愉快的心
去接近异性，安排约会
并在酒精适度的作用下
为神复制它的序列号
开始谈论前让我们
先升级这个处理器
面对浴室里的镜子
重影是代码的运行
你拥抱自己像拥抱
陌生人，你感觉不到
爱，也感觉不到欲望
这个时候，让我们开始
谈论吧，爱是什么？
爱是一个人通向终极的必经之路

终极是什么？终极是神为你写的代码
如何爱一个人？帮助他抵达终极。
那么，死亡又是什么？
死亡是系统的修复
诗是什么？
诗是系统的故障
诗是什么？
诗是系统的故障
诗是什么？
诗是系统的故障……

声音

它落在低处
城市边那条漆黑的河
周围的声音越来越高
打桩机，乌鸦飞向枯枝
沸腾的生活，污水汩汩从
管道流向我们的喉咙

你被一个声音带走
像无辜的气球
园里的兽在等候夜晚
白天使它们躁动
漆黑的河使它们躁动

你被一个声音带走
是那流水，腥味的人
所需要的一切

园里的兽在等候夜晚
是月亮洗刷这个世界
让它恢复到能被忍受的程度

世界的渡口
——在长乐路读蓝蓝同名诗集

大海在我眉心
梧桐的性情柔软
允许春光抚摸
小方桌边的百叶窗正好
这世界的渡口——

记忆回到战前
后来被剥夺的生活——
若无留声机与咖啡
它还是生活吗？
白花油女郎妩媚的笑
剧院、黄包车、洋泾浜英语

此刻，也走来一个摩登女郎
坐上对面的皮椅，从LV包里
拿出一部银色电脑
这世界的渡口——

疯人院

我生在疯人院
种花，写字，喝咖啡
哭嚎的女人披头散发
在你眼前游荡
她的唾沫到处都是
白瓷茶杯，墙上的画
身旁走过的某一张脸
她徘徊在老城区
衣衫褴褛，使劲地跺脚
他守在自家花园洋房的门前
扑向放学回家的小姑娘

时间，无边无际
这座巨大的疯人院
你的邻居又哭又笑
闲下来便咒骂她的前夫
你用漂亮的器皿喝茶
听西洋的古典，江南的评弹
写一手漂亮的小楷
哭嚎的女人手舞足蹈
分辨不了快乐还是悲苦
我生在疯人院
每天都举起右手
校准正确的时间

惊蛰

在阳台，我轻拂着
旧画上微细的尘埃
远山有大雾覆盖
万物剩余虚淡的轮廓

天色晦暗，书斋有灯亮起
多想在此夜宴知己
惊蛰已来，我仍未
走出旧年的影子
这惊心动魄的大雾
封锁了整个海湾

旧画上的尘埃渗入
空气中，颜色仍黯淡
像画画的人困在她从没去过的地方
新的时代宣称要来了
带着永久的决心

疼痛

——写给F

小鸟被活埋在砂砾中
男孩们刺耳的笑声，头顶上盘旋
犹如重型机器逼近的轰鸣
你看着更年幼的你——
我们的基因来自同一家族
沉默无声，最初的疼痛

多年后，熊熊的火光
被扑灭后，你从他平静的脸上
看不见任何悔意
我们都曾经如此渴望明亮的星
从一间灰暗苍白的屋子里升起

布偶

油红漆的窗框
被雨淋，风吹日晒
如此平常的事物
她就在那里
刺目，散发危险的
气息，林中之豹
和一盆仙人球
窗台上，无人认领
她将她带回家
剥光了她的衣服
给她洗澡，梳头
她想看布偶
没穿衣服的身体
孤独的身体
有着深红鞭痕的身体
她在她耳边说话

要将她藏起来
放在一个无人找到的
地方，代替她
过另一种生活

酒店

椭圆形的书桌一角放了我
随身携带的毛笔、砚墨和
宣纸，窗外的新界也有青山
抵达罗湖或落马洲的火车
每隔两分钟就穿过白昼
以及黑夜，却几乎是沉默的
久视让人恍惚，何况美妙的
身体正游弋在底楼的海中
你仿佛听见塞壬的呼唤
耳蜗里轰鸣，然而推门而入的
素衣女工，讲一口委婉的
粤语，她称呼他先生，称呼你
太太，要不要帮你们把杯子洗了？
你你让她做最低限度的房间整理
牙刷不换，床单不理，东西无须
收拾，只要给我多添两支小牙膏
它们消耗得多，有时一天要刷四次牙
多数时候，夜晚听不见任何声音
除了通道另一头的婚房，办喜事的人们
住在一个不吉利的楼层里
多么奇怪，酒店的夜晚如此安静
你看着一堆诗集，不知道从何读起
忽然想到，十月的某个夜晚，某个荒凉的城
　市
某家酒店公寓里传来男欢女爱的声音。

戒指

一个苍白的清晨
我遇见七年前写下的诗句
　"将银色的鱼群抓过来
做成一枚给少女的戒指"
此刻，我手指上戴着一个男人馈赠的戒指
它是来自地核深处的矿物质，一种晶体
闪耀着雪花的光芒
它戴在我的无名指上，年龄渐长，手指渐瘦
戒指常常移位，需要我另一个手去
校正它的位置
商人说，这枚戒指是爱情的象征
它宣布了某种坚固的联盟，它印证了一种
合作关系，它是忠贞与美，它是永恒
然而，有太多的人为它死去
枪口下骨瘦如柴的淘钻者
双手有血的黑市交易者
拥有了它而从此失眠的男人，或女人
离奇的死法，小报的头条
人们相信，只要不超重，就是安全的
像空中行李运输法则
我手指间的戒指，正闪耀着雪花的
光芒，它让我想起七年前的我
曾经从银色的鱼群里，看见了
戒指与少女

较场尾

开车从大梅沙出发
公路的左边是荒凉的山
右边，能看见白茫茫的海
我们穿过鹅公岭隧道
沿路没有什么车

较场尾也没有什么人
我们走在大海与半遮掩的
客栈之间
那些客栈有着蓝色的
白色的、粉红色的外墙
门口有趴睡的狗
没有猫。没人招呼我们
也没人阻挠我们
我们随随便便地
闯入原住民的村落
酒吧、客栈和海鲜档
经过一块"艳遇高发地"的木牌
来到大海的面前
冬天阴郁苍白
大海也乏味无聊
我们举起食指和中指
拍美颜照，仿佛要证明
冬天和大海，以及我们
确凿无疑地存在着

被无间奏的鸟语浸洗
葡萄籽的梦，从风景醒来

体面生活

他的声音
被烫金的《刑法哲学》
压得很薄。
"人们在过一个奇怪的节日
戴着面具做爱"
"街上，还有松鼠吗？"
"亲爱的，它们和老年人一样
体面生活。"

深居简出
度过每一个夜晚
如一棵树度过深秋

葡萄

为春夜水墨而惊讶
叙事的乌有乡
被无间奏的鸟语浸洗
你的眼睑抬起
世界此刻是极简主义的

裸睡的人有神秘呼应
大雾的修辞熟透了葡萄
母语不断返回声音
如同葡萄籽，总落入泥土

叙事的乌有乡

我驱赶的群象

玄武

一把刀的反光

水滴被拉长。
一匹马的脸安静着，
一个熟悉的人沉思
而严肃的表情。

一把短刀的反光
一个人阴狠的杀气。
日暮的天色
像少年时恋人的冷漠。

但或许只是虚妄，
我们仅见出矫情
而且幼稚的雷同。

马会笑你不吃草。

万物之美击打
使人日渐卑微。
同类之伤相反
因之强大无畏。

秋天的悼亡

哪一缕风
是你幻化
忽然阴冷

厌弃浪荡
云朵跌落
最早的一颗雨滴
砸中头顶的冰凉

俯身端详一棵
风中发白的草
它轻微晃动着
你侧一下身姿

不能逃离的循环
掀起大地上万物
歌哭仍然必要
眷恋渗入石头

北方的秋天，城市上空奏响鼓与号角

我一生有三次疾病：
出生，把病留给故乡
爱情，它留给往昔
死亡，它就在今日，
在此刻对它的畏惧中。
我为妇人所生，
也记取生育之病。
我们不能抗拒睡眠和饥饿
以及从泥土上升的欲望。
北方的秋天
城市上空奏响鼓与号角，
荒败的大野里没有歌者。
我去采撷这可怕的风，
它吹动文字中一万种
大多不存在的颜色，
一些描述的字也已死去。
我畏惧着，树叶们战栗着翻飞

想念之丰盈如昨夜月光，
每一刻变为往昔。

秋雨曲

窗外雨声簌簌
忽然大起来
淹没夜晚
和整个秋天

它打湿太多人的心
睁大了眼睛
它多像一个人
匆匆而至的脚步声

一定有人冒雨行走
不时哈出白气
黯淡的路灯下
那脸庞似曾相识

我记得暮春一个姑娘
被雨水打湿的脸
几缕头发沾在上面
多少年了她一直站在雨中

孤独曲

在从前，我打扰了
一棵树的孤独，对着它
诅咒偷兔子的窃贼
树干缓缓裂开，一个树洞
很深，再没有愈合

今年回老家，树没了
树桩龇着惨白的骨头
根部幼嫩的小苗招展

很久以前，我打扰了
一个姑娘的孤独
甜蜜的花粉飞舞着
我却说不出其中一粒
我不知是否爱着，看不清
稠密而月光流泻的夜色
从前慢慢消失了
远处山间，空中满是
正在坠落的松子

我打扰过石头的孤独
大如房屋的巨石磊磊铺排
吃惊地望我
像世界之初，或末日
它们晃动着，滚动起来
在昨日奔跑的眼睛里

在这个
被无边落叶
紧紧追赶的秋天
那是谁
打扰了我的孤独

壁画

狐魅之影无数次掠过
风携带光尘颗粒扑上墙壁。
我觉出自己的虚弱，和畏惧
像半夜听到鸡叫的小鬼锉了一点。
画中绘制者的悲哀和敬畏

对人世的绝望一闪
他的愤怒也高出人间。
绘制壁画的人渐渐进入墙壁
他完成，像一个影子走出去
在阳光下立即消失了。
现在是我看完壁画
正离开大殿。

一生中的一日

被霾杀死的诸物之影
复活而且生动
荒原中不知寒冷的
裸树之影，它抓紧根
晨昏之间挪动了几步

我在房间，偶尔走动几步
忘记丢在阳台的影子
夜晚盛大的烟花
在眼中一次次寂灭，我才想起
已被收去了一日

我驱赶的群象

秋天去了又来
人间总是寒凉
深处的静寂和呼啸中
总是默念一些影子

总是需要一杯酒
夏夜肌肤般的凉
和之后的温热。

那命令我书写的

请暂停一下
我驱赶的群象
你们放慢脚步
但不要散开

我需要偏离峭拔的路
瞬间的休憩和快乐

太阳的魔术

里所

蓖麻

我记得有一种植物的叶子
像一个个摊开的手掌
每一片都长着九根手指
我想了好久也没记起它的名字
在快要被砍头的时候
我大声喊出
蓖麻蓖麻

我记得他说
想从阴道钻进我的子宫
他希望我怀上他
然后我就能生下他
如此我便会像爱一个孩子那样

无条件而永远地爱他
我记得我没有接话
我嗡嗡叫着
好像嘴里嚼碎了一把种子
蓖麻蓖麻

梦

如果把梦做得很大很空
就用汉字"门"去形容它
早晨便可打开这个梦
等你探着步子进去
也许应该把你关在里面

一个恶作剧
把你关进我粉色的身体

有时梦也小而结实
像一粒榛子
整夜你都在外面"咔咔"嗑它
用你的鱼嘴
等这颗坚果感到了痒
我就一定能清醒过来
而你却躺在一片奶白色之上
因为贪吃了太多的梦
你已睡熟

喀什

牌楼下几个卖旧货的
维吾尔族老人
揣着手蹲坐成一排
黑帽白髯
像几只歇脚的大鸟
尚在隆冬
老城的天空通透如冰块
散射着白色的寒光
不远处的铜匠铺叮当作响
那些挥手嬉戏的小孩
从风中飞落到屋顶的鸽子
猛地回过头来咩叫的
短尾绵羊
都按着某种神秘的旨意
铺排在巴扎之上
喀什的天空是一个巨型放大镜
这座被太阳和月亮
共同搅拌的城市
一直在漂浮着上升

如那些老者呼出的热气
如必定受难的灵魂

早春

那条河静静地流着
说它静是因为在闹市只见人声不见水声
有一个女人站在岸边哭
她像是为了顺便观察一下水草如何摆动
因为她站了好长时间
在她背后立着一个沮丧的男人
隔开三五米还有几个扒活的司机
忽然河的对岸
另一个男人跑到一棵树下
解开裤子开始撒尿
同时还有两只鸟交错着飞了过来
它们开始啼鸣在这个早春的傍晚

树林密不透风

这个伏天的黄昏在我面前
静止成一块烫手的铁

我看见两个坐在深水中的人
各自沉在让自己安静的室内
耗尽的爱情在炎夏失火
我们已变成失声的哑巴

我知道你在等我
我等待着闪电
等待雷雨之后充沛的氮肥
能给这个世界更多的生机

我将决定做那只嘶鸣的蝉

致叶赛宁

因为你，我们选择了那家酒店
在圣彼得堡的十二月
一个温暖的房间汇聚了世上最寒的冰：
你的心终于凉了。它再也无法
想起某个人。活下去的欲望
被涌起的尘埃与狂热彻底窒息
你把自己淬炼成一股迷人的青烟

无题

一颗颗捏碎
手中的葡萄
立秋这天
我站在安德路
在晚霞中
酿酒

在你之后，一代代人出生，并继续出生
我是其中一个，无数的我们
还在各种迷宫里找寻出路
我经历过的日子和你的也许并无太多不同
我们恋爱、写作、认识这个世界
然后以同样急遽的速度厌恶爱情
对着一切人和事，跳"追悼"的舞蹈

猫

两只花猫
蹲在神社的石灯里躲雨
傍晚天空熄灭了光线
四颗猫眼
点亮了神的灯盏

但是尽管如此，叶赛宁
尽管我曾失去过一个如你一般
终结自己或者把自己变成谜团的爱人
但活着，多么荣幸而新奇

愧疚的征兆

一片树叶落下
打在我的眉骨
整棵树的阴影都向我压来
一只蚂蚁爬过阴影与光亮的分界线
刚刚好
一滴水让它漂起来
它一边划水一边注视着我的脸
像一个目睹他溺水我却没去施救的人：
切割着我的心

太阳的魔术

在圣彼得堡郊外
雪花挂坠森林
冷杉、松树和桦树
透发着银白的暗光
稍远处平阔的雪原
飞过几只黑鸟
素缎般的寂静铺满临近极夜的天空
太阳突然睁开被云层包裹的眼睛
从两片眼皮中

挤出一股强烈的光芒
刹那间树梢都被黄金点燃
火线迅速蔓延
从一棵树传染给另一棵树
直到森林上下
金色和银色相互亲吻
草飞驰而过
乌鸟的翅膀镀上亮边
太阳一路吐着火扑进海湾
金色构成了世界的麻药

记忆

粉黄的鸡雏
像一个个滚动的绣球
在阳光下啄食
吃着奶奶给的相同的谷粒
却长成了公鸡和母鸡
母鸡留下来下蛋
公鸡随着客人的到访
慢慢减少
直到只剩下冠子最红
毛色最亮的那只
站在鸡群中
用所有早已罹难的公鸡
声音相加的分贝
骄傲地啼鸣

直角

我走进地下通道的时候
他刚好在仔细拐一个直角

然后贴墙沿直线行走
一个头戴黑线帽的男人
板结的脸上没有表情
一直走到通道的另一端
我右拐上台阶出去
他则继续左拐
还是一个完美的直角
我走到地上打了一辆车
从二环回到四环外的家里
脑中却循环着他的正方形路线
一个黑色的人
变成一个浮动的黑点
像我的同类
又像携带某种暗示的使者
沿四个直角无限地循环着
把我引向布满直角的神秘空间

访客

有时泛起的性
像一个如约来访的老友
在叩门
轻轻敲击我的小腹
和乳房
我便只好请它进来
陪它一起欣赏我身体的花园
在这样一个下着春雪的清晨
它呵着热气催开倦怠的花朵
徐徐落下的白
正在给那些干涩的树
穿上纱衣
它说
下次我独处时
还会再来

大寒日

胡锹

翻过2017最后一页台历

这个刚满一岁的小孩
翻了个身
改仰卧为俯睡
背对着这世界
不再哭
不再笑
亲爱的小孩
今夜我也要俯卧在床上
即使星刺在背
我也不说梦话
我们是同龄人
我的希望和无望
还没有学会说话

小寒日让我想起一个人

向我靠拢
靠拢点　靠拢点
我知道不是句号　逗号
只是一个顿号
有一顿　没一顿
不是牛顿　是鸟飞过顿一下
至多顿下一根千里的羽毛
量子理论的时代
量子遥远的纠缠

大寒日

中午和人谈起这个冬天没有下雪
"1979年那场雪真大呀！"
我说我都不记得哪一年的雪大了
"1979年冬我父亲故世，
那一年我刚开始谈恋爱。"
我在脑海里努力搜索我的79年
没有搜索出任何一个具体记忆
人类意识里畏惧的并非身体的死亡
而是对恍惚没有来过此世心怀隐忧
那此世的一年呢
"1979年那场雪我穿着高筒靴都进了雪，
一直到来年开春我们才到坟前培草。"
1980年　我想起来了　我似乎又活了过来

梦见母亲

此生很多梦我都忘记了
都值得忘记
昨夜我梦见
我故世二十多年的母亲
生孩子了　而且是双胞胎
惊愕之余我想起了所谓转世说
是不是我母亲已经转世二十多年
又为人妻为人母了
那么昨晚就是她在另一个地方的昨晚生产
产下的双胞胎可以算是我异父同母的弟妹
这让我的此生很尴尬
我是怎么得以感应梦见
这个梦我值不值得忘记

我得说

我和我的国家一样
不再年轻
你不见有一个许诺的光明的前途
是的　我已经　妥协
不错　我有一种我已经妥协的傲慢
甚至　我有一种我已经绝望的尊严

一个似乎成长的冬日下午

妞妞的玫瑰红围巾不见了
我带她去刚才玩的地方找
围巾当时塞口袋里了
因为蹦蹦跳跳出汗了
那是一条比玫瑰还要玫瑰红的围巾
就像世上所有象征比被象征更出色
我想起梁小斌《中国，我的钥匙丢了》
我想说　冬天　我们的玫瑰红围巾丢了
终于在来路——人来人往路上
看见围巾依旧美好着这个下午
"在那里！在那里！"妞妞很高兴
又似乎遗憾地说："怎么会没人拣？"

一个口吃的宇宙在口述

蒋立波

在天平的两端

从养兔场回来，朋友送我一袋新鲜的兔子肉，
又送给儿子一只可爱的小白兔。
我的左手是装着兔子肉的塑料袋，
右手是装兔子的纸盒子，
我夹在中间，像置身于一场激烈的争吵。
无意之中我成为一架天平，
仿佛两边的砝码都在拼命把我拉向
各自的一边：生和死
显然各自拥有相同的重量。

回到家里，我把兔子肉放进冰箱，
儿子则把小白兔放到了阳台上，
这似乎是一种默契：生和死被保持到了

一种合适的距离。
但在我身上，一只死去的兔子和一只蹦跳的兔子，
如同互相的辩驳永远不会结束。
这个黄昏，那血红的眼珠一直在我眼前转动，
像一场落日迟迟不肯落下。

夹在圣经里的药丸

这是一张我从未见到过的书签：
七粒淡蓝色的药丸，
安静地排列在一块塑铝药片板上，
像七颗星星，在沉睡的词语中间躺下来。
但它们并没有真正地睡去。
它们无意中参与了一次祷告，
那嘹亮的祈祷词后面，
必然有一张缄默嘴唇的嗫嚅。
在整齐的分布中，那多出来的一粒，
像一个奇数的约伯，
保持着对命运的悬置与质疑。
一个中分化的锐角，在长久的吁求中被构成。

那是五月的午后。
母亲做完手术从医院回来的第七天。
在服药前，她读完《约伯记》的某个章节后，
随手把这板药丸夹在了书页间。
七粒药丸，诞生于偶然。
七个被隔绝的词，
彼此孤立，
又紧紧聚拢。
再没有比这更神秘的约会了，
它们无意中参与了一场艰难的对白。
但自从圣书的上卷与下卷合上，
辩驳便已经失效。
因为神，诞生于化学的匮乏。

一张我从未见到过的书签诞生于炉灰里的驯服。

燕子衔来更多的泥土

某一天，他学会了说"燕子的家"
他准确地辨认出童话书里
没有被壁虎借走的尾巴
一只电度表上，燕子的翅膀被闪电借用为指针

当然，他还需要更细心地辨认屋檐下
失丧的家园：一个地址。一个投递怜悯的邮箱
那为泥土所答允的每一声呢喃
对不穿礼服的听觉，构成了新鲜的测试

需要辨认爱，更需要辨认爱里的匮乏
需要辨认食物，更需要辨认劳作和汗水
他的迷惑和惊奇在这里得到庇护
为了喂饱一个饥饿的词，燕子正衔来更多的泥土

为一叶废弃的桨橹而作

有人带回野花的项链，以便
奇数的灵魂向沉睡的田野求偶；
有人怀抱枯槁的船木，一如抱回失传的琴，
那年迈的波浪仍在上面弹奏着童年，
练习与悲伤对称的技艺；
有人捡到一把手枪，可疑的准星像发烫的下午，
只对准自己：锈迹、尘埃和永远贫穷的光线。
而我觅得一叶桨橹，仿佛时间的片段，
一碎再碎，却分明还保存着水草的信任；
在江边的乱草丛，它和野鸭的窠巢、死去的鸽子为伍。
它分明还在划动，像一片翅膀，生出

另一片翅膀。我们身体里的水，在喧响中回答
那卷刃的记忆，为何神秘地向着
一本幽暗的航行日志弯曲？
我久久迷惑于那被历史省略的道歉，
搁浅的船舶，却还在乱石和淤泥中运送
国家猩红的铁，和源源不断的
——遗忘的肥料。

桥的变形记

走过这座以"彩虹"命名的桥边，
他指着水里的倒影说："爸爸，你看水里也有一座桥呢。"
我停下脚步，真的看到了另一座桥，像一道彩虹
被复制在水面上。在已知和未知之间。

我用手机拍下了这桥的变形记：一阵微风吹过时
那被弄皱的水面，那经过扭曲和变形的桥身。
"爸爸，这是刚才水里的那座桥吗？
你拍出来的桥，怎么跟我看到的不一样呢？"

"是的，照片里的桥已经不是水里的那座桥，
它仅仅是对水里那座桥的描绘。"
"爸爸，那可不可以说水中那座桥也是
对水上那座真正的桥的描绘呢？"

我惊异于六岁孩子对事物的天真的洞察和理解。
本来我还想告诉他，桥也是对彩虹的描绘。
但我知道这已纯属多余，因为他已凭借一道绝对的光束，
在真实和镜像之间，绘制出又一座想象的桥梁。

枯荷的几何学

我偏爱那些枯萎的事物。
它们正从这个世界加速撤离。
它们只迷醉于一种
向内敛缩的宗教。
减去生长的冲动，
减去扩张的欲望，
只剩下迷乱的线条，
用于描摹虚无的草图。
垂下的莲蓬，像一次哀悼，
一颗向衰老致敬的头颅。

方形，圆形；
拱形，菱形；
三角形，新月形；
……而最后被我辨认出来的
竟然是一颗心的形状。
在枯荷的几何学里，
一种情感的力量，
仍然在形式中，
在一种"否定的激情"中，
再次得到肯定。

秋风把我吹得辽阔

缪立士

秋风一吹再吹

秋风一吹再吹，树叶纷纷飘落下来
一只只鸟巢裸出枝丫，鸟雀已不知去向
万里河山仍是那么忙乱，嘈杂
我想起病后的杜甫在秋风中吟诗，登高
眺望着艰难的人世。夕阳彤红，白发纷飞
小小的酒壶倾倒出战乱和离苦

秋风一吹再吹，暮色从高空扑落下来
人们匆匆载走谷物牵走牛羊
大地渐渐趋于平静。我想起万里漂泊的诗人
茅屋为秋风所破，却置身于天地的空旷中
梦想着千万广厦庇护天下的悲苦

秋风一吹再吹，吹走落叶
也吹走暮色，我的心日渐荒凉
也日渐富有。重新洗刷一清的大地
秋阳高照，青山默立
城市牵手着村庄，小河在静静地流淌

秋风把我吹得辽阔

秋风吹来
瘦弱的身子禁不住地抖了抖
我感到也有几片枯叶落下来

秋风吹来

我的心一片苍黄
一个浪子的泪水干了

那些谩骂、诬陷过我的人
我开始原谅他们
而被我爱过或伤害过的人
我要为他们祝福　献上诗篇

秋风　秋风
把我吹瘦　也把我吹得辽阔
一只宽大的手掌
掏出我血液中的淤泥

杜甫

这位被称作诗圣的老兄
24岁写下诗句：会当凌绝顶，一览众山小
好像没有比他更自信的了
但他一生潦倒、不得志，直到59岁
客死在异乡的一艘江船上

在我书架的最高层存放着
他的一本诗歌全集
嚯，这家伙真会写！竟有1400多首
但我很少把它取下来，摸一摸
或拍拍上面的灰尘

我知道，那些诗都长着翅膀
一旦打开，就会飞过尘封的岁月
栖在我的心头，沉郁顿挫地鸣叫
秋风、落木、猿啸、离愁
纷飞的白发、悲怆的山河

一个人连老婆孩子都无法养育

却依然想着社稷和苍生
老杜啊，你嶙峋的胸膛里跳动着的
是一颗怎样的仁心？我想沿着你的足迹
找回你日渐远去的身影

除夕之夜

今夜还是有点冷
我竖起衣领，独自走在南方的街巷
家家灯火辉煌
夜空绚烂，不断炸开的烟花
炸出了快乐的尖叫

几天前这里还是冰封雪裹的世界
数万民工返乡的梦被无情冰冻
今夜他们是否已在千里之外的家
把迎春的爆竹点燃
或在温暖的灯光下笑谈着人世的艰难

带着父亲走

我们带着父亲走
谁也不说话
他再也不能举起巴掌吓唬我们
他再也不能伸出手臂把我们高高托起
我们带着父亲走
走出他亲手建起的楼房
走过他几十年来耕种过的土地
玉米整齐地站立着
在初秋微凉的风中
唰啦啦地挥动着青绿的叶子
我们带着父亲走

在初秋微凉的风中
我们越走越远　走出整个村子
他爱恨一生的国度
后来　我们竟爬上一座青山
把父亲交给泥土　寂静和漆黑
从此　我们再不能见到父亲
离开时　我们回头望望
青青的树木　满山坡的野草

妖精传

皮旦

疯子们的最大愿望

一代代疯子不停地东奔西走
在我看来
疯子们的最大愿望
一定是重建人间

酒后

"酒终于醒了。"我说这话时
已走在坝子上
"你不该让我喝这么多"
又说一句时

我已看见那棵死掉的树
死了它还站着
所有的叶子都离开那棵树了
最高的树杈上
一直盘着一条蛇
所有的蚂蚁也都从那棵树上
排着队撤退了
这条蛇却从不离开
我的话就是说给这条蛇的

黄庄的水草

去年在黄庄附近的泉河

我看见一片
长成正方形的水草
有半个篮球场大
现在我看见
正有一片这样的水草
在河上漂移
水草上站着一只鸟
腿和脖子都很长很细
这也是泉河
这水草也是黄庄的吗
黄庄与这里
隔着好几个集镇呢
从方向上看
它有可能来自黄庄

如此美妙

你决定继续住在殡仪馆附近
住下的第一个星期
一次夜归迷路围着殡仪馆
你整整绕了一圈
你说提醒你的
是一具正被抬下运尸车的
盖了白布的尸体
我多次劝你换个地方居住
为什么不让
更美妙的事物作为提醒
虽然终有一天
我们也将变得如此美妙

妖精传

那些妖精为与我一遇长成了高粱和小麦
也有长成玉米的，或大米和小米
我一直比较喜欢名字上带米字的粮食
原来她们是妖精
大麦和大豆也是妖精
土豆和花生也是
它们最拿手的好戏是化身为酒
它们无数次让我烂醉如泥
兄弟，看仔细了
说不定此刻正有妖精排队
进入你的身体
在唐朝，正是这些妖精
把一个混蛋改造成著名的李白
　"哦，拜托啦
请千万别改造我"
但总事与愿违
只要你是吃粮食长的
你就一定身不由己

大观河

时近严冬
河面还没结冰
寂静清纯
我从一座小楼的窗口伸出头去
听见寂静的同时听见了喧哗
那是三十年前挖河的民工
大起义一样涌来
看见清纯的同时看见了忧伤
我也有河流养育的爱情

札记：云南拾零

雨田

地球上的金湖

我从黑暗中醒来　饥饿的宁静比我还要悲伤得多
红土高原的一阵风卷走了会说话的石头
湖面上　水波翻卷着远去的钟声　你为什么不再喧哗
要沉思在冷漠的信仰中　让内心的镜子沉默　风化

如此的孤独阻挠着我的欲望　站在湖边
我始终保持着对水的敬畏　谁的品性使身旁的红河
有了阴影　暴力的言辞让我这把老骨头不能腐烂
明亮的月光下　我和玄武喝着美酒　说着脏话

暗潮汹涌在我体内的河流　反射的火焰在水中回旋
我想触摸的　除了吼叫就是沉默　难道我真的
要在思念中向着一棵没有结果的树哭泣　回忆

一生的爱与恨　我万万不能　就是丧失做人的底线

在个旧　面对如此境界之水　我怎能成为岁月的标本
还是一阵风让我陷入一种无法言说的饥饿之后
热血澎湃　墨守成规　我必须告诉世界　告诉人类
地球上的金湖　你本身就是一方超越的极品神砚

不会沉默的的阿邦

当我的意识充满觉醒　那些失眠者和他们的灵魂
徘徊于这里幽暗或又明亮的芭蕉林　我自由靠近
一棵古树　抵达怪异的灼热　野花遍地的傣家村落
渴望的不是燃烧的愤怒　而是美与丑对比后的平静

面对滚滚不息的红河　我永远在低处被神灵呼唤
谁在犹豫中怀疑什么呢　那些苍白的面孔显得更加虚无
仿佛我行走在你散淡的山水间　发烫的雨滴
落满我懦弱的身体　我知道你并不介意时光随波逐流

阿邦　我相信你不会沉默　不会虚伪地夸耀自己
一无所知的我看见了你空间的自由　和充满富有的生活

小蔓堤记

我穿越红河去阅读你　伤痕累累的石榴点燃欲火
灵魂的诗篇与我同行　假如我潜入你复杂的远景
成为你深刻书中的某个节点　谁还去谋取逆光
驱使更多的魔鬼与红河决裂　红色的血流溢出
风吹斜了树木　雨让我感到有些迷路　在雨中
一群亲切的鸽子让我甩掉忧伤　有谁相信许多活着的人
像这些绝望的石头一样　沉默在尊严与耻辱之间

你的秀色秘密是我的脆弱　野花从新与旧的红土长出
我将用最后的词语去赞美你自然的天空　在你的六月
遥远的时光隐身于语言的顶巅　而我只是翻阅和爱你的过客

在雨中的记忆里　我的身体被孤独掏空　苍白的光
寒冷而锋利　几个老人坐在寨子的大树下用目光将我的想象
切割成碎片　此时此刻　我不可能将无法雕琢的词语斩首
难道我只能在特权和高贵面前继而落魄吗　暗处
无所求的欲念将我拒绝　在这雨中的异乡　是浩荡的红河
让我们看不清彼此远方的人的纯粹面孔　这个六月
似乎是深不可测　无始无终　我再一次被它绝望的处境
刺痛　这一切历史中的历史已经刻在我的冰冷的风骨里

加级寨

这里的梨花早已远去　炽热的山寨怎么可能
是一首彝家悲伤的圣歌　我的沉默与寨子里孩子们的呼喊
自由地穿梭在其中　不知为什么一阵风雨突然让我觉得温暖

是几个月前　满山遍野的梨花多么清秀诱人　而我等待的雪
早已飘落　所有梨花和飘落的雪可以作证　我思念的灯盏
没有熄灭　它在我的内心世界一直亮着　亮着哦……

说不清我在加级寨为什么有一种盲目的力量让我的沉默
显得更有意味　难道是彝族妹子罗岚的微笑加重我内心的痛
我不知道自己是否能隐藏这个小小的秘密　持续多久为止

离开加级寨时　我竟然迷恋上了自己的影子　梨树下
如此硕大漂亮的紫色绣球凝视着我　一只黑色的狗欢天喜地
逝去的时光里　我会叹息加级寨那些朴素而又忧伤的事物

植银杏

我狂热地在金湖边巴金公园的红土上植一棵银杏
精神贫困的我就多了一种渴望　我的孤独也植在这里
此时金湖的平静是一种状态　一些飞鸟来了
让人醉心的神奇充满魅力　树之魂和水之魂
对我而言已经呈现出多重意义的独立性　意外的冷
和雨后的风声驻足于山水之间　而我的另一种穷途
并不夺目　也许在今天　我的颓废高于逼人的夏天

阅读哈尼梯田

六月的哈尼　血丝般的铁的锈蚀穿越黄昏
我看见沉积的云朵刻刀般清晰　坠落如深潭的黑夜
晚风伸出修长的手指　缓缓地搅动山寨的夜色
那个躲在云层背后的哈尼姑娘　一边唱着情歌
一边点亮夜空里的星星　等待那枚酿熟的月亮

是的　这里不仅有白云　蓝天　飞鸟　乡音和野花
最初的视野里是一弯弯粼粼的波光　还有起伏的神秘
曲折之水在弯曲的寂静之上　滋润着哈尼人的光环
我知道他们原始的灵魂都赤裸裸地嵌在半山腰上
自由的生命在时光里充满真实　我已迷醉在其中

我在多依树下享受日出的风景　好像被宁静的风吸了进去
犹豫中我变得更加苍白　我绝不怀疑眼前的白云虚无
活了几十年才明白天是无边的　当太阳压过枝头时
蝉鸣和梯田里的蛙叫声不分上下　六月的哈尼山寨姿色
隐藏在哈尼人生活的情趣里　水就是他们的丰碑

荷花不这样认为

熊曼

喜悦

早春的一天
我从外面回来
细雨落在眉毛和裸露的脖颈上
冰凉冰凉
仿佛在敲打昨日死去的部分
有什么就要醒来了
一些紫色小花从地表钻出来
那样细微的喜悦，要走近才会发觉
另外一些，从黝黑的枝干上冒出来
一朵追着另一朵
一朵压在另一朵的身上
放浪形骸的样子
将喜悦又放大了一些

一株野樱花开了

开在四目相对的瞬间
开在不断靠近的建筑群的合围中
开在飘满绿藻和废弃物的水洼边
你记住了它粉红的样子
但没看到它凋谢的样子
于是它一直开着
开了很多年

某些时刻

某些时刻你眼睛发亮

脸颊像发烫的红樱桃
梦被倒挂在树上，闪闪发光

某些时刻你面对生活
挥舞着双手，咆哮着
又颓然地转过身去

某些时刻你枯坐
头脑像杂草丛生的荒地
想不起爱过的男人的面孔

某些时刻你告诫自己
得咽下生活黑色嘴唇吐出的谶语
像接受它曾经催生的花朵

某些时刻失眠来袭
白月光没有从窗外渗透进来
黑暗无边，浩大，犹如置身墓室

农妇的哲学

马铃薯，山药，花生，芋头
这些埋在土里的
是可以信赖的

西红柿，草莓，完好无损的青菜
这些露在外面的
是值得怀疑的

她说，美好的事物
一开始是黯淡的
它们终年在低处
闪烁着泥土的本色

荷花不这样认为

我喜欢荷花
走在田埂上
看到它从淤泥里伸出修长的身子
粉红的面容
还冒着新鲜的香气
就忍不住摘下

"只有坚固的玻璃瓶和干净的水才适合它"
我这样想着
也这样做了
在我的手伸过去时
它开始掉第一片花瓣
被我摘下后
掉了第二片
在我小心翼翼的怀抱中
掉了第三片
第二天我醒来
它就只剩下一颗泛着苦味的
莲心了

局部

下午四点，去盘石桥村的途中
光被卡在云层中，只射下来一部分

光去了河边，河水金黄
光去了屋顶，红色的琉璃瓦格外艳丽
光落在行人和畜生的脸上，眼睛生动起来

光到不了的地方，是一大片稻田
和后面的山坡。虽然稻子已经结穗
但是鸟也不来光顾

一个从东边过来的人，在光中走了很久
经过这片山坡时，打了一个寒噤

抒情

最好的木槿开在一个人的记忆里
花枝高大需仰视，花瓣清丽如云朵
它目睹了一个人缓慢长大的过程
牵着耕牛的她，背着书包的她
赤脚挽着裤腿的她，无数次站在它身下远眺
思念亲人的她。空气静默，田野芬芳
这些构成了她后来无数次回想的瞬间

那时不知它的名字，只觉好看而欢喜
那时她有一张花瓣般的脸，而不自知
那时她羞怯，尚且做过粉紫色的梦

时光令人喜悦

憩园

夜晚的笔架山

夜晚的笔架山，柔软成肌肤之亲。
一场酒会后，我们从人群里撤走
然后看到了风景。我们拨开竹子
看到了印刷机轰鸣，我们并肩走着
在轰鸣声的间隙，独立而美好。

像叛逆的孩子，对现实的道德
扇了响亮的一巴掌。
然我们足够从容，地球上的铁
我们紧握着，直到手心渗出汗，直到
铁的记忆流淌在我们身上。

日子变得越来越神秘。

树脊背上的山，星光里的天空
你整理衣角时低头的眉宇。
只要我们站在一起，它们皆是他物。
他物聚拢，托举着我们内心的群山。

叙事诗

穿过城市的小路
街上三三两两的行人
叙事诗中的我

你离开时，从后面
伸过来的手和我从前面

向后伸展的手幽会般触摸

因触摸而红脸的寡言者
鼓吹着黑夜的叛逆者
返回另一个巢穴

你转身入小区的门
丛林中诡异的节日灯火
鸣叫般明亮

在你的身上已留下唇语的历史
当我再次陷落于诗的情人
感性漫过高原、天台和身体的线条

时光令人喜悦

你在这里慢走，我跟着
一个人的慢走是一种慢
两个人，慢变成慢慢，慢慢慢

时光令人喜悦
山的样子令人喜悦
我不知道你的名字
令人喜悦

旧工厂，和破烂的墙面
房里的人声，栅栏边上
我们对视许久
令人喜悦

这些年不识灵魂是何物
通过红酒，你露出自己
沉默不言，交给我朗读

我不知道你的名字
你令人难以自持
我的嘴唇梦见一座山脉的起伏不定

垂直于我的想象

我在白天坐着的地方坐着
我在夜晚站着的地方站着

房檐边雨声滴落
喜欢的人必须被写成诗

你是中国人、非洲人、美国人
还是阿拉伯人、塑料人
又或不是一个爱撒娇的人

哪怕你是一个弹性的词语
旋转的圆规
亮晶晶
抑或雾蒙蒙的国家

现在，我躺在水泥地上
你可以谁也不是
垂直于我的想象

在感恩和词语中

午夜，一个失眠的人走向天台，
另一个走向天台。
两人失眠，同时走到一起
这一刻，直到永远。在感恩和词语中。

站在天台的空旷里，置身想象的雪原。
他想一直这么待着，牵手，接吻，做爱
生孩子（或不生），都在这里发生
并过完两个人重叠的日子。

天空的祖先，我们凝视；
聒噪声不绝于耳，为我们送来
灵魂的果腹之物。
时间静止了，呼吸中涌出火烈鸟。

次日清晨，灯光隐士般倒退。
走廊里的灯送我们下楼，微笑，握手
第二次不是第一次。一种夜色
在两个人的身上埋伏着一颗小行星。

在同样地方不同时辰里
一切的我为一时的你所全部占据。

没有月光的时辰里

山上的灯，抬升了山的高度。
这个角度看山，它雾霭的模样
像极嘴唇。你把嘴唇送了过来。
你比我弱小得多，又比我强大得多。

没有月光的时辰里
你就是月光。有月光的时辰里
你就是月光爱人。机器声在周遭轰鸣
竹子被五颜六色的灯光照着。

当你按住墙壁的粗糙
而声音绵柔成婴儿，我知道
任何所谓现代的语言都是古老的影子。
我在你身上的消耗实则是在复古。

一个我抽烟，一个我写诗
一个我接吻，一个我游离。

春风引

谷小错

去海边

中秋。打理旧书，给书架除尘，
一遍遍擦拭，被虫蛀的就拣出来，
《山海经》《道德经》《诗经别裁》，
越是古旧的事物越容易蒙尘，
毫不留恋地扫入墙角，
扎袋，扔掉，像摈弃一段不真实的过去。

去了一趟海边，和妻女一道，
照例把叫不出名字的野花抛入大海，
潮声喧腾，又把那些野花拍打回岸边。
这世上的海都是连在一起的啊！
和我们一样，未曾谋面的亲人也准时抵达。
每次我们都说一样的话，可是今天，

我们要努力笑得响亮一些，再响亮一些，
这笑声就是桥，就是道路，
就是浮渡舟楫的潮水。

明年就又是另一处海了，
大海茫茫，谁的悲伤欲言又止。
想说的话总是说不出口。回家路上，
紫色的喇叭花跳跃在女儿头顶，
蝴蝶一样忽闪，穿过记忆中的秋天。
我想，今天要做的事已经差不多了，
夜晚就要来临，剩下的，
就放心交给月亮。

春风引

新年第一日，好天气醍醐灌顶，
万物有声并不喧闹，各自夙愿已了。
飞鸟重新展翅，旅人继续赶路，
在最好的日子里洗去阴霾也洗去尘埃。
惯于迁徙的人一定不要再犹豫，
家具沉重不妨留在旧居。
此刻，让我再看一眼这扑门而入的大海，
海风如此清冽，虚空开阔，直追黝黯远山。
这些枕着潮水日夜陪伴我的近邻，
习惯了远离人群的安宁，我们将继续通信。
我循爱而来，领受尘世的欢愉，
也将不安、痛苦，囿于命定的悲凉之人。
我将说出此生所见的全部秘密，无论得救与
    否。
总之，以倾巢而出的勇气继续一切，
无以为报，迎着春风。

劬劳之年

终于拥有了自己的江山。
诗歌在左，传记、小说
靠右，把每本书放置何处，
用心良苦。狼顾其间，
忍不住胸臆豪迈：
不再一贫如洗，此处高朋
满座、黄金遍地，良师
与宝剑隐于匣中，俯仰之间，
须臾一个新的开始。
审视眼前生涯，十年
过去了，终究是以笔为刀，
夜深人静时，重新干些
舞文弄墨勾当，假装

劬劳不改。积攒的
轻浮心性是洗不脱了，
又徒增几桩心事。总体看
有轻有重，受损的腰椎
今岁尚能挺直。
想起那些四处散落的旧友，
无论开口或是沉默，
只要彼此挂牵，也就够了。
居于各自的幽暗，
发各自的光，劳作
理当如此。可是现在，
趁着大好良夜，我还是想
出去走一走，跨过天桥，
分开人群，借着阑珊灯火，
去人间坐坐。

忽然厌倦写一首复杂的诗

午睡醒来
女儿小声说
爸爸，我在眼睛里
看见了大海
闪闪的鱼
不停游来游去
像不像
天上的星星
天呐！这是我
今天听到的
最要命的一句话
我甚至
差点落泪
"我在眼睛里看见了大海"
早儿，我也要告诉你
穿过你所见的

蔚蓝和深阔
我在眼睛里
看见了
你

谈艺录

情况发生变化，一切从意识到
自己终究是个普通人之后。压力
忽然很大，原来普通人的命运
也如此沉重。没有什么得到改观
劳作依然枯燥，甚至诗歌也令人失望
总之，有些事不可挽回地变得更糟
正读心理学课程的爱人再三建议
去看心理医生可我果断拒绝了
她说从心理学意义上讲，拒绝本身
也是病的一种。但我还是买了一套
《弗洛伊德传》，打算搬家后翻一翻
和精神分析相比我更关心伟大人物
的吃喝拉撒。前面提到普通人的命运
这件事现在说起来依然令人沮丧
其实就是自己和自己开了一个玩笑
年少轻狂也就罢了可现在一把年纪
毕竟还得要脸不是，怎么能当真呢
矫情不能当饭吃白日梦同样不能
想得太多陷得越深难免走向事物反面
如果说还有一点理想，就学着慎独
先别谈什么治病救人首先救救自己
虽然很操蛋但说出这些并不容易
换个角度想，我毕竟还有头有脸
如果不能真正脱离低级趣味那就
适当原谅一下自己，假如庸俗
也是一种羞耻，圣人早该绝种了吧
和虚伪的纯洁相比我坚定地站在

真实的醒龊这一边。面对渺远的
来日，哪个人不想痛痛快快地活
痛痛痛快快地死？要怎样度过一生
谁说了都不算你还是得问自己
想到这儿一切好像又变得不是
那么糟了，无聊的一天终于过去
弯月无声地爬上天空的高处
多么深沉的夜晚啊它包容了一切
一个新的开始也意味着一次重逢
今天晚上，还有一场球赛在等着我
这让我想起和爱人的第一次约会
世上如爱情一般美好的事，远远
不止一桩。这绵长温润的暖意
潮水一样奔向我，一浪一浪不停地
翻涌，像什么东西在心中悄悄发芽

故人旧事

午后，第一条消息来自故乡：
2017年12月4日12时50分，
史永生同学因病医治无效逝世。
窗外阳光刺眼，天空湛蓝而迷醉，
某个瞬间，像极了河南的冬日。
往常这个时候，我会关门、熄灯，
昏然睡去，避开这个喧闹的世界，
可是今天，又一个人永远离开，
确凿又缥缈，如同每一个告别的人，
灵魂悄无声息，只遗落沉重的肉身。
十七年了，我还记得他的样子：
笑容憨厚，语气急促，嗓音有点沙哑，
身体是微胖的，座位和我隔了三五排。
我记起他，像记起曾经的自己，
记起舞阳空漠的白昼，寒冷、干裂，
四野空空荡荡，黄昏时一片苍茫。

除了青春，当年我们无物可以收割，
如今死亡数着时辰，开始逐一收割我们。
来自地狱的矛，反复洞穿我们的身体，
疼痛如此真切，毕竟还能忍受，
但还是留下了遥远的泪水，因为难过，
也可能是因为软弱，不过这样也罢。
亲人们的悲痛胜过旁人万倍，我们
只能向着北方，用力地挥一挥手，
纵然毫无重量的词语，只是飘浮在纸上。
我曾经写下："事物高远，不可切近。"
可为什么年纪越大，留恋的东西反而越多？
甚至好多话，担心再也来不及说出口。
活得也越来越犹疑，老人一样迟缓，
人前收起欢声，人后就默默收起忧戚。
此刻，我是如此怀念这个世界的善意，
素不相识的人也能彼此宽慰，哪怕只是点
　头。
可是活着如此漫长，既遥远又切近，
像树，像陨石，像这个不曾止息的冬天。

高原上阳光在移动

刘畅

林间散步

苔藓上有蛇滑过
六月里有杀谏
渐行渐远处——楼房变小
我噤声，万物喧哗

车站

排队等车的人中
台阶上的老太太
谁的母亲
我经过她身边

她向我伸出一只手

黑胶唱片

两个齿尖
密纹中颤动
在我和你的颤动中
总有一刻，时间陷入静止
你通向我密纹深处的声音
让我足尖的舞蹈在床单上化为幻影
头颅埋在水中
长发像水中的密纹唱片
也在颤动不止

盐湖城

馨予说她入住的美国家庭
有两条狗
院子里有鸡　有马　有羊
现在　大雪覆盖盐湖城
馨予抱着小狗，客厅墙上，耶稣持灯

高原上阳光在移动

高原上　阳光在移动
车厢里　他们唱歌，欢笑
当分别之手秘密地掐痛她
她怕喊出声来导致
刹车

双面人

无数次，描绘双面人——
——温柔的低眉女子
——弯曲的不平女子
她的双面扭动她
一个眼神，一句追问
它招架不住，变回其中之一

雪

竹子，树木弯下腰来
榉树断裂
大雪多静啊
树干上掉落
修剪成圆形的冬青保持形状
对面人家，高楼之外
视线看不见之处
房屋倒塌
花园里的猫没有踪迹

世界荒诞如诗

许多年后，我又开始写诗
在无话可说的时候，在道路
像逻辑一样终结的时候
在可说的道理变成废话的时候

开始写诗，在废话变成
易燃易爆品的时候，在开始动手
开始动家法的时候，在沉默
在夜晚噩梦惊醒的时候

活下去不需寻找真理而诗歌
寻找的是隐喻。即使键盘上
跳出来的词语是阴郁

淫欲，隐语，或连绵阴雨

也不会错到哪儿去，因为写诗
不需要引语，也无须逻辑
在辩证法的学徒操练多年之后
强词夺理如世界，就是一首诗

寒冬

苍山顶上飘落一层新雪
十九座山峰一片葱茏

大青树，青杠林，天竺桂

枝繁叶茂，像一场叛乱

水杉，槭树，响叶杨秋意萧瑟
听从不同王朝的历法

核桃树，枫树，唯余枯枝
在冬樱花开放的日子

玉兰花，杜鹃花，油菜花
盛开，她们不让腊梅

一枝独秀。什么样的意志
让脆弱的美不必屈从冬天的律令

十八条溪谷转动着各循岁时的
大钟，上紧意志的发条

"在我们正确的地方，花朵
不会永远在春天生长"

论消极自由

所有闲散的人都在古城溜达
在人民路，在洋人街

苍山云缓慢地飘过，洱海门
所有的花都在随意革命

改变颜色，所有过时的物件
都变成闲散人群眼中的珍玩

昔日茶马古道上的马镫
铜壶，旧地图，不明用途的器具

在连绵的杂货铺里
堆集成一首物质的诗篇

一切有用之物，一切无用之物
如匿名人民的临时集合

如众生平等，如闲散之物
抵达一种快意而虚假的自由

旅途之歌

穿过黑夜，穿过变成影子的
村寨，树木和山野
从一个地方到另一个地方
或许我就不再是同一个人
一丝疑惑在变成愉悦，在途中

有时我不知过着谁安排的生活
也无处获悉我是谁，他们洋洋得意
对某人嗤之以鼻，我且不知
那就是我；有人偶然大度
称赞的那个人，我也并不知情

在不同的地方生活，在途中
想起那些令人困扰的事情
穿过困境犹如黑夜万物流动的影子
当一切像新购的房子安顿停当
那剩余的和无名的，依然滞留途中

一首赞美诗

来到南诏国遗落的江山里

来到大理国剩余的时间里
你的世界，就只剩一首赞美诗

就再也没有重要的事务
就再也没有野心和抱负
你的生活，就只欠世界一首诗

无须想历史在如何循环
无须问祸殃像季节热衷于重复
浮云诡秘看苍山，忆起一行诗——

世界美如斯

点苍山下
樱花盛开
它自己的庆典

你晦暗的日子
没什么配得上
这般灿烂

在古老的世代
樱花就这样
纯净地点燃

惊梦的阐释者
曾经改变过
人类的编年史

如今只有一个魔咒
还未曾实现——
"美，能拯救世界"

称之为苍山

姑且称之为苍山，我是说
眼前那些在古老的地质运动中
突然终止的岩石，苍苔，溪流
那些野花野草，隐秘的野生动物
它们不知道谁统治着世界

不弃权不反对它们欢乐的在野
无须加以指认，称之为云岭
山脉的那些火成岩花岗岩熔岩
结晶岩之上的森林，称之为横断
山脉，矗立在缄默的权力意志中

唯有它接近最高的宇宙真理
接受星际磁场的辐射，定期
支付式的，用板块运动的压力
制造一场革命，在残骸遗址上
漫长的风化，让野菊开遍山野

唯有向苍山攀爬时加速流动的
血液，洞悉奥秘。在野花
丛生的山顶，一种野生的思想
在慢慢接近久已失去的
地址与名称——称之为苍山

精神分析引论

一个人的疯狂是另一些人的苦难
一个人的伟大是另一些人的荒唐

一个人的真理是另一个人的反讽
一个人的爱或是另一个人的笑谈

一个人的宗教是另一个人的人类学
一个人的信仰是另一个人的心理学

避免成为历史的笑料或另类知识
一个人就必须是又不是另一个人

辩护词

据说最终，完善的智能机器人
将取代人类。它对最后的人
作出最终判决：在这个星球上
你们的使命就是创造出我们

现在，这一游戏可以结束了
对丝毫不差地解决机器问题
人力就是添乱。在庞大的数据
系统里，人的消失是完美的设计

就像诗人所做的，他们渴望消失在
文本之后。就像上帝之死。最后的
辩护词，不会出自软件设计师
喜欢大数据的人已陷入可怕的疯狂

面对最后的审判，从文本后面
漫游奇境的爱丽丝将再次说出
最终的辩护：可是我会流泪
我的心会悲伤，身体会感到疼痛

论恶
——读《罗马史》

恶并不是独裁者的专利

每个信奉强权的人都在为他加持

当胥吏把绳索套进他们的脖颈
他们会怀着提升的希望自己把它勒紧

甚至美梦不会被一声尖叫打断
权力是一种精巧迷人的装置

无数哲人以"高贵的谎言"遮人耳目
与独裁者玩着老鼠捉猫的游戏

它的玩法亘古不变，如果权力
没有戴着神的面具就无从为恶

不幸的是每个信仰强权的人
都在为新神开光要求血的祭礼

论神秘

一切没有意识的事物都神秘
海浪，森林，沙漠，甚至石头

尤其是浩瀚的星空，一种
先验的力量，叫启蒙思想战栗

而那些疑似意识的物质，在白昼
也直抵圣灵，花朵和雪花

它微小的对称，会唤起
苏菲主义者的智慧。其次是

意识的懵懂状态，小动物
在奇迹的最后一刻停止演化

并且一般会把这些神秘之物
称之为美。神秘是意识的蜕化

乡俗不会错，必须高看那些傻子
和疯子。这首诗也必须祈求谅解

论语言

如今，我们的语言多么习惯于杀生
在每个被双规的贪官下面都叫嚷着
"格杀勿论！"一派正气凛然
不小心连辩护律师也会被视为同谋

如今我们的语言多么热衷于判决
满世界"汉奸、走狗、卖国贼"
义和团的幽灵纷纷走上街头执法
日系车或苹果手机也在成为证据

我们的语言如今变得多么肮脏
宪政国家、普世价值、自由民主
也能够立地搅浑变成一缸污水
让一个民族的心智永远蒙垢

没有现代语言的描述，无须对话
求证与论述，也丢掉了古典语言
"非常道"的高贵困难，不再有
慎独与格物，说话是多么无助

论晚期风格

晚期这个概念
总让人想到一种不幸的经验

然而，我想象的晚期是一种力量

但即便不是指向
疾病，它的阴影也向耄耋之年倾斜
而它仍然不过覆盖了全部失望经验的一小部
　　分

我知道一种悲哀，是他的年岁
比他生活的大部分街区都更古老一些
这意味着一片落叶不可能找到根

这意味着湖将要出发去寻找河流
就像古老的史诗所叙述的起源和原始事件
逐日接近戴着面具的神祇

歌德提供了定义晚期的另一种
可能，"我们要在老年的岁月里变得神秘"
或是一种出发的意志

向着一面巨大、缓慢而陌生的斜坡
湖进入河，河进入溪，溪流进入源头的水
一座分水岭：晚期

出现在个人传记里，一部
必须参照欲望和不幸加以叙述的编年史
然而，晚期风格

只存在于一个人最终锻造的话语中
这就是他的全部力量，在那里
他转化的身份被允许通过，如同一种音乐

论诗

在小小的快乐之后

你甚感失望：写诗寻找的既非真理
也不是思想，而是意外的比喻

为什么一个事物必须不是它自己
而是别的东西，才让人愉悦
就像在恰当的比喻之后

才突然变得正确？人间的事务
如果与诗有关，是不是也要
穿过比喻而不是逻辑

才能令人心悦诚服？而如果
与诗无关，即使找到了解决方案
也无快乐可言？如此

看来，真理的信徒早就犯下了
一个致命的错误：虽然
他们谨记先知的话

却只把它当作武器一样的
真理，而不是
一个赐福的比喻

在喀拉峻草原

天山中部雪峰耸峙，一如圣殿
在诸神的黄昏里无始无终

岁月散开，每个角落都是中心
没人能将历史变为同一条河流

在草原与比依克雪山之间漫步
隔着一条阔克苏大峡谷

远望塞人，月氏，乌孙，突厥
匈奴……迟来的使者遗落了使命

活着的在时时刻刻失去瞬间
消亡的已进入无解的神话

现世权力像雪峰冰川一样凝固
昔日王朝如草原的露珠转瞬蒸发

唯有比依克雪山静谧而安详
有如回收了人世间一切衰老的神

茶卡记忆

自茶卡盐湖往西，我看见
懵懂岁月……消逝在柴达木盆地

吐谷浑国王的人马，在每个
孩子的童年就藏进了柏树山

一片种植着土豆和豌豆的土地
它们开着我最早认识的花朵

山脊的起伏与河谷地貌的
倾斜，如闻迟疑的问候

车窗外移动着的戈壁
在记忆的纹路里旋转

如当年邻居家的旧唱机
再次传来古老世界的芬芳

一个孩子如同一个迟暮老人的
远亲，亲和而又模糊难辨

论快乐

是的，一定要快乐
如果快乐是一笔财富
我就节省一些，偿还或抵押
给那些更苦的人

但快乐比虚拟经济
翻卷更高的泡沫，比产能
过剩的交流电更难以存储
身体是件脆弱的容器

快乐就是快乐的意志
在希望微茫之际兴起
当快乐出现在有权力感的地方
它就与厌倦等同

因此我必须挥霍短暂的
快乐，就像雷电在沙漠上
挥霍雨水，就像节日里的
穷人，快乐而知礼

记忆

能不能借我一毛一？我想
喝碗汤。人群中的一个陌生人
轻声这样说。他看起来跟我
一样年轻，衣裳穿得比我还洁净

坐在油漆剥落的联排木椅上
我疲惫地摸着身旁的行李
抬头看看却没有回答，因为
跟他一样，在秽浊的空气中

在没有暖气的冬夜，在等晚点的
火车。可在他转过身去的瞬间
分明看见他眼里的泪水，在昏暗的
灯光下，仍能看见寒意与伤害

记忆是一笔未能偿还的债务
包含着不良的自我记录，尴尬与酸楚
那一时刻是上世纪七十年代末
在商丘火车站，春节刚过

如今伙计，但愿你早已是个暴发户
即使你仍是一个背着包袱
南下打工的老头，我也想再次
遇见你，我们该与我们的贫穷和解

一毛一分钱和一个人的眼泪
一毛钱是一个人的窘迫，是另一个
人的内疚，我们是两个年轻人
而岁月曾如此贬低了我们两个

火车站

一群人被分散的无意识打量
乞丐，隐形的扒手，实名制的旅客
面孔瞬息汇入烟波浩渺的匿名性

可见的表象恍然与梦相似
但他们不如花卉，以各自的形体
为界，沉浸于有毒的无意识

或携带着愤怒上访，或怀着
所获与失望回家，亦或许
去做一桩生意或类似生意的交易

不会有人格外关注一种疲惫的步态
或询问一张忧心忡忡的面孔
他人是另一些他人的无意识

一个行走而没有动机的世界
一部情境重复而没有情节的戏剧
一种仅有人群而个人匿名的现代寓言

一张面孔偶然闪亮，透过陌生性
发散生活古老的允诺，所幸形象
远比其无意识更为美好

它们是铁路所创造的先锋戏剧
舞台宽阔，其中一个演员发现自己
坐在观众席上，搜索忘却的台词

失败者说
——读《宋论》

我不知道我们的失败已如此之久
我不知道我们会失败一生
当我们还是荆公学徒的时候
没想到我们的一生将是一场溃败

我没有想到这场败北是如此之深
在崖山之役，土木堡之变
扬州江阴洗城之后，甚至我们
也不能作为失败者继续生存

我从未料到失败不再属于我们
越来越多的，已和这场失败
撇清干系，他们已用格物
失败的竹子，举起征服者的旌旗

信仰萨满教万物有灵的种族
已放弃了巫术皈依儒释道
又改宗无神论，其实他们信仰
神圣即权力，权力即神圣

一切都烙上了野蛮的胎记
当腐败变成一场崛起，反对权力腐败
接管了腐败的权力。其实他们
在征服中再次找回了原始的巫术

连我的浙东同道也不敢秉笔直书
失败者的历史，他藏起绝世的
《待访录》，把罕见的政治智慧
用于书写一部无害的《学案》

你们已经知道，他的巨著不会
提到我，我隐居在一座船形的山上
无论春秋，在一片雾海中书写
我从未想到我的败北已如此久远

星空与看客

华清

星空

上帝的书写并不均衡
在那些稠密的部分，它们
用光芒演绎着存在——
上帝本身，或是真理的镜像，这沉默的花园
那些稀疏的部分，则是以黯淡与幽深
敷衍着古往今来，那些危险的追问

梦境

原野上的一只小兽气喘吁吁
当她对我开口，红唇中露出了宝石

晶莹的石榴。那八月的甜蜜始自
五月的火红，花瓣褪去，露出了胀鼓鼓的
小果子。但奇怪的是，它并不柔软
石榴的枝杈并不回避，那婆娑的衣服
让它的身体轻盈，看起来如一只风筝
从东邻的篱笆翻墙而出

有关石榴的故事大约只能讲到此
必须要交代的是，在达利的绘画中
它的开裂中飞出了一条鱼，而鱼射出了
投枪，投枪指向一个梦中女人的
性感裸体。而这一切，则是出自一只虎
张开的血盆之口。而对于我来说
在这样的画中，我只能是一只
在远处徘徊的大象，从龟裂的海边泥土中

将记忆慢慢翻出

记忆

在那些斜阳稀疏
和黯淡的秋日，光线洒落在我们的
背上。我们静静卧着，并不说话
窗外是白杨叶子的沙沙声
我在捋着你浓密的头发，或抚着你
温软的乳房，而你，在傻傻地想着什么
褐黄色的眸子里
泛着散淡而兴奋的光
那种熟悉的气息，被一只古老的坛子
封存到了这个春日的
阳光灿烂的早上

看客

木乃伊是这世界最适宜的看客
无助的人病了，面黄肌瘦，一无所有
他只有坐在路边看世界

他看着，你们华美的车队
你们伸向空中的仪仗
你们凛然的圣像，你们广布四海
无边的威仪，他看着你们哗哗驶过的
碾压一切的马蹄
你们横扫六合，所向披靡
让一切对手发抖的胜利

他眼睛空洞，形容如死神般安静
盯着你们，沉默但不曾

错过一切，看着这马群上飞驰而过的洪流
最终化为一堆冲天蔽日的尘土

是的，尘土。他想起先知的句子——
野马也，尘埃也。他仍旧摇晃着
那一柄破旧的羽扇，静静地坐在驿道上
由木乃伊，最后化为了一块磐石

在疯人院

那座郊外的破旧建筑里圈养着
一群荒芜的灵魂。

时光的栅栏黑白相间
被药物抑制的安静和缄默

当我注视
他们的深若黑洞的目光，他们已把我
淹没到一座由条纹服围拢的瓮中

一个惊人的事实，是他们几乎叫出了
我和友人的名字

在这座荒野上的疯人院里
挤满了奇怪的思想和面孔

怀亡友

几个星期后，他亡故的消息传来
让我愕然将车停在了半路
不过悲伤并没有持续太久，就像我们
日渐短浅的气力，目光，与兴趣

抑或是邻家女的裙子。并没有恸哭
也没有仪式。只有记忆中那
模糊的悲伤，与早已淡忘的情谊

我设想他，静静地卧在那里，英俊的面孔上
而今长满了胡须，头发过长
显得落魄，遗容未曾整理
病得太久，他看起来已像是一具干尸
浓妆后的粉饰，反显得虚假和草率
有一袭白布加盖，表明他并不够格一面旗帜

但可使寥落的凭吊，不至于尴尬和恐怖
我并未抵达现场，只是想象着
会有一两下雷声，会有一阵悲怆的急雨
儿时那些豪壮的情景，那些假定为
没齿不忘的交情。然而街景喧嚣如故
所有的车子都在将我绕过和超出

不过，这已比他别的消息快了几倍
那些消息在路上走了将近三十年
有些渐已掉队。这不像
当年他在朝圣者途中的行走，三天三夜
他不曾疲倦，也不像我们的悲痛
早已在梦中绝迹

八指头陀

万念俱已澄，深宵
独倚藤。信吗，八个指头也可以写好诗
道心寒皎月，那少了的两个去了哪里
书味淡秋灯。而今尚在燃烧中
兄弟啊，读到这里时我的心有焦烟的微痛
山雨时数点，你的茅舍可牢固？
溪云忽几重。即便不嫌孤单，也定然

湿气太重。成仙的风景刚好令我担心
思量明日事，可见还未完全出俗世
毕竟还要填肚皮。饭杂芋头蒸……
月光如水，铺天盖地，任人世
有无尽苦难，这粗茶淡饭还得吃
当我深夜凝视，这百年前的道心
一片澄明，感觉浊重的肉身，忽变得
有些轻盈……

附记：八指头陀（1850—1912），俗名黄
读山，佛号静安，湖南湘潭人。清末著名诗
僧，1877年游历参禅至宁波阿育王寺时，于
佛舍利塔前燃二指，并剜臂肉燃灯供佛，自
此号"八指头陀"。曾任中华佛教会第一任
会长，善诗，且行世极多。2004年，吾由济
南流落京城时，诗人雪松书赠其诗与我，至
今置于案头，每日默读。

飞蚊症

世界上没有这样的契约
作为不受欢迎的物体，它强行
嵌入了我的身体，两只不明的飞行物
它将伴随且寄生于我
有限的余生。不似夏日的蚊虫
叮咬，瘙痒，那些都有秋凉的末日
而它们是形而上的
虚无到我无法使用拍子
但又切实如画，如梦，如影随形
天啊，这辈子，我只能忍受
它们不容置疑的真实。这么叮着我的世界
吸血我的睡眠。这柔软的，不讲理的入侵者
让我的世界再没有秘密
没有洁净的空气，光滑的玻璃，以及

清扫的必要和可能。它们钻透了我
渐渐变薄的角膜，天空里响起了一小片
挠人的嘤嘤声……细小，逼真，如刺
让我忧惧，直到耳鸣
直到我的世界一片昏暗
这虚构的飞行物，方才湮灭于黑夜
我最终熄灭的天空

一车旅行的猪

在抵近年关的斜阳中
我的车子驶近它们，与它们并肩
行驶了一分钟，我看清了这是一群
几近冻僵的猪，在它们毕生唯一的
旅行中。哦，它们粉白的皮肤
在高速公路的寒风中显得愈发红润
好过我，这穿衣服的近亲
我知道他们这次旅行的意义
但我更想知道的是，它们是否也有预感
它们像沉默的义士，一群奔赴来生
和刑场的英雄。一群猪，哦，我们骂人时
顺便将它们羞辱，无辜的生灵
总是奉献于我们既轻且贱的
嘴，还有无比贪婪的胃。那一刻
我的目光遇见了最年轻的一头，它黑亮的眸
　　子
真的非常之美，年轻，俊俏，充满柔情
还有旅行中新奇的悲伤，侥幸的憧憬
或许它并不愿去想，这场旅行尽头的屠杀
那是它们一生与人类交集的
最后方式，然后以美味摆上餐桌
阐释着奴隶、贡品、暴殄的狂欢，更好听的
　　说法
是叫作牺牲。以宗教或者其他的名义

我加了一脚油门，终于赶在了它们的前面
向后瞭望这近在咫尺的死。用一声叹息
为它们超生

麦地的三月：致海子

一群鸟儿倏然飞起
在昌平的孤独，孤独的麦地

并没有人。想象的坟地，周遭一片静寂
悬在空气中的麦子早已落地
墓中的人已熟睡，所惦记的人
也已老去。四姐妹，如今已是广场大妈
在神州各地扭秧歌，或跳健身舞

　　"你是我的小呀小苹果
怎么爱你都不嫌多……"

死的人是认真的，活着的人却各奔东西
这些年那落满灰尘的房间早已易主
人的记忆也已稀薄如空气

没有人召唤。当他
出现在三月的麦地，一群悲伤的小鸟
正在低空盘旋。它们叽喳不停，跌宕起伏
无视这老迈的闯入者，仿佛在专心致志
高声诵读，那些悲伤的诗句

从死亡的方向看

　　"从死亡的方向看" ①
莫过于有一扇坟墓中的窗户

那里有一盏如豆的灯光

白昼时不被觉察

但在夜晚会容易被当作鬼火

一只骷髅用微笑观察世界，用

祝福招呼过往路人

并追赶他们的梦与黑夜

一直追到他们大汗淋漓的床上

追到他们大雪中的暮年

人迹罕至的废墟与荒野

让世间的一切繁华与绮丽

与你的枯瘦素净合二为一，紧紧拥抱

最终也成为你的一部分

从那里看去，人间的一切

会是一张缩微的爱克斯光片

并被拷贝了无数遍，最终变成了

山间的岩洞，青草下的墓穴

①引多多诗句

喜鹊

某些记忆如同不期飞回的鸟

比如现在，两只喜鹊正在窗前的树上

叽叽喳喳，但喜事并未降临

当它们意兴既寂，又不辞而飞

让一个出神的人陷入了往事

让他想到，或许也是某生某世，某个早晨

你们也是相拥在窗前，刚刚做完一件

习惯的事情。或者也许只是相拥一起

任凭体温上升，像两只加热的水瓶

无福无祸，无忧无喜，什么

也没有发生。时光停在玻璃上

安详，温暖，除了喜鹊的叽喳

和时钟的咔咔声，世界一片寂静

在春光中行走一华里

他在春光中行走了一华里

眼睛稍稍有些酸疼。春光

是这样的好，春风是这般清冽

迎春花已开了，小鸟在枝头鸣唱

玉兰花那硕大的苞，即将如少女的

胸襟一样绽放，小草与柳芽

也在做争露头角的游戏……可春风

对这一华里来说，已不是纯粹的美丽

它那样在周身缠绕，如一件轻薄的新裙子

招摇，炫耀，花蛇般吐着瘆人的信子

这景致让他感到从未有过的恐慌

让他疑心，这春风犁过的土地上

尽是旧时相识。除了欢宴，游戏

还有墓碑，白骨。无家的游魂，无处不在的

破产消息。空气里浮动着嘈杂的乐曲

他依稀看见多年前的伙伴，薄命的表弟

在泥土和草芽间向他招手，他仿佛

看到一队亲人蹒跚的行旅，看到在早春

相继掉队的祖父、祖母、姑姑……

不知为何，他突然眼含热泪

停下了脚步

春光

无边春光中有一根旗杆高竖

卖豆腐的，收旧报纸的，摇着

车铃和喇叭声穿梭而入，窗外

是活泼起来的市声，街景如疯长的柳条

野草，麦苗，有节节拔高且无边蔓延的恐惧

一面镜子映着这一切，照着一张旧报纸

在故乡老宅黑漆漆的墙壁上

几欲掉落，如一只陈年的蝉蜕
光线强烈起来，光柱中有万千尘埃在飞舞
仿佛法老唤醒的逝水

零乱，缥缈，无从安置的春意
让你近旁的清晨重新睡去，除了那旗杆
还在无厘头地竖着，仿佛一个遥远的回忆
提醒你，在无边春光与你的存在之间
只有一层薄薄的窗帘布

露天电影

当是故乡童年的场院，夜色初上
月华如水，一幕漫长的电影刚刚开始
仿佛寂静如水，又仿佛沸腾如水
人群黑压压漫过来。光线里有慌张的飞虫
蝙蝠的跳蹿阴鸷而轻薄，时光机
哗哗地响着，被嵌入了情节和
梦境。梦境里什么东西如此温软
陌生的怀抱将你近身贴住。仿佛
光束穿过的不是空气
而是直接穿越了黑暗的身体
当你想到了水，似乎一切迎刃而解
水声淹没了广场，世界，只剩下
水。温热，压力，蒸腾的地气。女教师
环抱的窒息。她致命的温度让你听到
黑暗处隐秘的呼救，如细语呢喃的春雨
雨中燕子的喘息，黑蝙蝠
在夜色中放肆的吱吱声
有马群驰过田野，寂静的热流涌过天空
世界刮过子虚乌有的风
直到沉默被什么捅破，一阵急雨
中断了电影，将这无边春夜
……骤然浇醒

李鬼

谎言的效用可以是黑夜惊魂
他因为一个名字而得以轻松剪径
并注定与另一个肉身相遇。真身
与替身怎可同日而语，谎言与真理
也不共戴日。只是真身口啖假货
亦并未让我生出快意，因为
那炙烤的味道飘散了千年
仍然有一些焦煳的腥膻

西瓜

上帝的万千造物中唯它是个尤物
它的脆弱和坚硬在深度纠结
鲜红的内部，仿佛梦中的一闪
让人充满残酷的联想，与血的渴念
或者还有，充满色情的隐喻？
这虎豹般的花纹昭示着一种凶猛
以及潜水般的安谧，与性感。
这阳光与水的杰作，多汁的现实
被审慎紧紧包裹，等待一只手，一把刀
或者矜持与紧致中，无法自控的炸裂

枯叶

必须要看到这枚叶子，它壮观的内部
即使是一片再普通不过的叶子——
原野的广袤，和沟壑的纵横
被浓缩了的火焰与汁水
脉系发达，有日落日出，有月光普照
甚至田野的房屋幢幢，炊烟依依

叶脉中有河流的轰鸣，瀑布的喧响
有日午时分田畴的祥和与安谧
有依稀的虫鸣，秋蝉爬行的痕迹
有星空的图谱，宇宙永不停歇的轮转交替
有一个王朝的塌陷。犹如抗拒者的下坠
连同它的枯干，死去，还有关于
这一切的记忆……

达利：十字架上的基督

悬停于圣灵的位置，才会有这一幕
灵魂出窍，脱离了一个俗人的眩晕
这倒置的天空，脚底有天光蜂拥而至
连奇诡和惊惧也打上青铜的光泽

受难者的洪荒，世界一片空寂
唯有圣灵以他的孤独和喑哑，自上而下
打量他自己的悲剧。刑罚，苦难，死
并托梦与这幻听者，这最后的颜色骑士

死亡从未止息，恶从未出离
人子的血已经流尽，苍白的圣父衣不蔽体
哦，我的圣萨尔瓦多，恐高症
也没能让你跌下来，谁给你按了这双蜂鸟的
　　翅翼

让你有了这深渊上的翱翔！让你有了
这让圣灵悲伤，让人间惊恐的高度
也让我，以战栗和畏缩，看着你一笔一笔
尽情涂抹人世的罪行，出卖、怯懦与暴政

苍穹啊……看着这低垂的头颅
这被钉在十字架上的
无力的双臂，你是否只听见了古老的祈祷声

来自那深渊般天空的底部——

上帝与你同在，阿门……

火

由泥土到陶的
必经一站

由生食到熟食的
必经一站

由寒冷到温暖的
必经一站

由富有到精光的
必经一站

由开幕到闭幕的
必经一站

从生到死，从有到无的
必经一站

从人间到地狱，从炼狱到天堂的
必经一站

从写诗到焚稿的
必经一站

我看见自己的葬礼

马文

如果时间有形

早上十点零一分
打卡完毕
马文默默拿出一袋速溶时间
倒进杯子里

一只想变成苹果的柿子

交完签证资料出来
马文发现之前倚着抽烟的那棵树下
多了一颗新鲜的金黄色柿子
的尸体

如果那个时刻凑巧是他站在树下
那么会不会有些命运会发生变化?

我看见自己的葬礼

母亲和妹妹站在马路的一侧等我回来
父亲也许还在上班
而我
我就在她们身旁

路上有许多人排成队伍
像是前来参加葬礼的人

他们其中的一些和我互相注视着
也有大堆大堆的陌生人在队伍的后面
人们的面孔没有表情，眼神没有聚焦在什么
　　地方
也许他们是远房亲戚的远房孩子
只是经过这里顺便吃一顿饭

我不记得队伍里究竟有哪些认识的家伙
也不记得自己是如何死亡的
我看见母亲吩咐妹妹回家拿什么东西
看见妹妹骑着自行车回来
经过道路拐角隐约可以看到她的时候
回到了向左侧卧着的床上

起床去到水边
披散着头发回到枕头上翻了个身
抱住厚厚的却不遮春寒的被子的时候
也许我哑笑了一声
梦里好像
完全没有你

您的哈佛司机唐师傅继续播放赵牧阳
　"目空心空端起一碗酒
飘飘悠悠一去不回头"

智能拼车

您的拼友一片虚无已经取消行程
您的哈佛司机唐师傅正在播放赵牧阳
　"冷冷的北风迎面吹过来
不能够向前不能向后走"

您即将经过时间国际大厦
它在您的右前方四百六十米处
您有一位已经离世的朋友曾在那里喝酒
他现在已经离世763个小时3分零9秒

您的拼友一片虚无已经取消行程

接班人

末那

东部之光

启明星在东方
你还没有睁开眼
我从这个窗口望过去
就能看见你
凌晨的某次翻身

启明星在东方
隔壁的婴儿已经不闹了
水泥的岛屿
逐个地
熄灭了它的光亮
原始的乌云开始嘲笑
而

断臂的猎人
却站在山冈上

启明星在东方
夜幕的低垂
像倒塌的晶体
你收好冬天的渔网
独自
站在水仓里咆哮
满仓的青鱼骤然跃起
冲破客厅里
糖果叠起的牢房

启明星还在东方
它一边爱我

一边爆炸
它一边爆炸
一边更热烈地爱我
靠近我
或者离开我
成为
没有生机的土壤
宇宙尘埃筑起的墙

那些无趣的劳动间隙里
他们也轻描淡写地
谈论爱
掐灭烟蒂的同时
也会结束关于爱的话题
忠于做时间的校正者
并不以爱为神圣

失眠药

他们焊接破旧的晶体管
试图在某些夜里
创造一种胜过太阳的光
那些劳动者的背影
投射于此

有时他们的身体
会成为艺术家的素材
饱含野性地
滋生着荷尔蒙一般
在篝火里
跳跃出向上的姿态

当然会有一些
黑夜很短的情况出现
在视网膜里的飞蚊
沉沉下坠之际
他们疲于收拾工具
紧拉上窗帘来寻求喘息
或者
为他们的恐惧
寻求脆弱的庇护

你的名字

练了十年标枪
每次投出去
还是会忍不住大喊一声

跟十年前那个晚上
在雨里
把一卷扎好的牛皮纸信
投向你家二楼的阳台
一个样

我似乎目睹过这一切

三洛

沿河理发店

几乎每一天
他都在这里生活
这家沿河的理发店

河里的铁轨被时间腐蚀
每个星期日凌晨
理发店的窗外
一辆列车通行

他虔诚地等待这一刻
把脸
伸向光线可以投射到的铁窗下
火车

从他的嘴里穿过
呜咽着悲鸣

角落里头发堆积
来自不同的脑袋
黑的、乌黑的、发黄的、泛白的
它们被扫帚公平地抚摸
除此之外
不受到任何保护

昨天下午
他把我倒进河里
头发在岸边生了根
被肮脏的河水
滋养

下一个春天
沿河理发店的外墙上
爬满藤蔓

死亡已经造成
它并不能因此而
起死回生

出生

穿过
黑暗的甬道
一座张牙舞爪的喷泉
显现

水流无章法地
喷涌
我壮着胆走入
它们之中
踏着自己的舞步

在一颗密闭的蛋里我
生出
我自己

凶手

当你的想法不再干净
这无异于扼杀了
一个生长在
羊水里的
女婴

反省

虚构的平静

吴爱如

一种相思

雁子回时
我不在北方
我在宋词的半壁江山里　腐朽
历史水远山长
古代除了夕照
什么都在凋落
只有荒草们秉承着遗训
雁阵是乏力的书写者
古琴上最后一抹流水
为远人保持着修女之心

虚构的平静

我定义你是一个虚构的人物
有简单的人性
和原始的情欲
你存在原色的纸签上
不越雷池半步
在星空黯淡时出现
我只要提笔
就可以把情节顺理成章地进行下去
让每一个角色都以本来面目出现
不带来伤感
也不构成威胁
像一个史前小兽有着纯洁的利爪
选择起风的下午

对他们的声音和情绪做适时的修改

对可疑的断句保持十五厘米的距离

在我疲倦时推开这一切

在命运之外

转身离开

各走各的路

中国妇女杂志

以官方的语言

提醒自己

不再是少女

结婚证

想象与浪漫

在它面前依法从事

指甲钳　剃须刀

妇女生活用品

一切工作都在合法有效地展开

一日三餐混合着暴风雨

阳光明媚的时候

涂脂抹粉

对日子精打细算

衣服在阳台滴水

咖啡里飘进一只小虫

拖鞋失足在玄关

雷池在一墙之隔

料理机传来合理的沉默与噪音

什么正在被打碎

小悲伤

你一直待在这里

指挥策划并参与

点线面块状的沟壑

不停生长的大楼

跳来跳去的市场

琳琅满目的欲望

你一生都在干这个

你的智商足够用来

表达落日

和暮晚起风的广场

用来写诗

除了制造一点无中生有的小悲伤

并不能阻止地心引力带来的灾难

高桥睦郎

田原 刘沐旸 译

高桥睦郎（Takahashi Mutsuo，1937~ ）日本当代著名诗人、作家和批评家。生于福冈县北九州市，毕业于福冈教育大学文学部。从少年时代开始同时创作短歌、俳句和现代诗。21岁出版的处女诗集《米诺托，我的公牛》为14岁至21岁创作的现代诗作品集。之后，相继出版有诗集和诗选集36部，短歌俳句集10部，长篇小说3部，舞台剧本4部，随笔和评论集30部等。其中除部分作品被翻译成各种文字外，分别在美国、英国和爱尔兰等国家出版有数部外语版诗选集。2000年，因涉猎多种创作领域和在文艺创作上做出的突出贡献，被授予紫绶褒章勋章。诗人至今获过许多重要文学奖：读卖文学奖、高见顺诗歌奖、鲇川信夫诗歌奖、蛇笏俳句奖等。

诗人高桥睦郎用自己的创作行动，缓和了日本现代诗与古典传统诗歌断绝血缘的"隔阂"和对峙的"紧张关系"。他的诗在传统与现代之间进行了有意义的尝试，为现代诗新的写作方法和新的诗歌秩序提供了可能。其整体诗风稳健、机智、厚重，并带有一定的悲剧意识，在战后日本现代诗中独树一帜。

巨人传说
　　——致埃内斯托·切·格瓦拉

瓦耶格兰省荒凉的地平线上方球状的天空
你的头颅像颗足球弹起，在此停下
化作崭新的天体永远重复被诅咒的旋回运动
你那两粒钻石、两颗眼珠在正午天球的内壁
化作看不见的星座的看不见的两颗一等星
你的心脏被吸入大地内侧可怕的深井
化作地心愤怒的泵喷发名为火山的火山
你的血液冲破血管肆意流淌成黏稠沉重的海
五颜六色的内脏游鱼般濡湿表皮，变成漂浮海上地图的大陆
你的骨骼皮肤化作天空的龙骨，并与它撑起的猎猎作响的帐篷
你的头发变成填满大地野生的甘蔗林
你的呼吸则成为甘蔗天空中氤氲的热风
你的唾液稀释成昏暗的水淌过干涸的地底迷网
你的精液成了险峻山峦的岩床下掩藏的结晶盐
所有植物都用隐秘的根尖拥抱它
所有动物都以温软的舌头舔舐它

你被四分五裂，变得如此巨大！

*

而你远不满足于目前的大小
还在继续膨胀，一味地膨胀
因为你肉体的回忆里尽是玫瑰与百合
悲惨的大地以及覆盖它的数层星球
也能满盈数不清的百合与玫瑰
前额上的百合、胸口的百合、后背上的百合、大腿上的百合
眼中的玫瑰、嘴唇噙着的玫瑰、心上的玫瑰、肚脐上的玫瑰
玫瑰炽燃的星辰之下，满目百合冻结的大地之上
（抑或百合结冰的天空下，玫瑰燃烧的大地上）
唯一被抛弃的露台上
我撕开胸口衬衫，头上落满悲伤的灰烬
或者成为被吸入玫瑰天空的螺旋中的一点

我模仿哭泣的女人，模仿那古老的喟叹
变得过于巨大的你已不属于我
我准备收集起自己内心喟叹的物质
从最初的一点，从一个细胞开始，再造一个你

*

时间的蚂蚁眨眼间把你啃噬得狼藉一地
我决定用相反的方法从头再造一个你
即使这样，你原来是什么样子？
（留胡子的革命家？神出鬼没的游击队长？）
创造、树立一个崭新的你
需要我用爱惜的热灶，烧起多旺的火、土和水
要用什么比例、什么诀窍把他们糅合在一起？
（你是散发着泥土、山涧、咸猪肉和篝火气味的战略理论家？）
究竟要收集我血液里怎样的玫瑰，精液中怎样的百合
才能创造出你绝妙的躯体？
（你的直率与谦逊！无限的宽容和憎恨的深刻！）
的确，你就是用百合堆砌的百合塔
百合的冷暖、淫荡和清洁
即使充盈其间的是生命的玫瑰
你稀有的筋肉、稀有的温柔、稀有的阴囊
我到底要凭什么才能造出？
我要用怎样的炼金术才能让你重生？

不，不是这样。我要重做一次

*

为了你，让我做一个驼背的铁匠吧
为了能铸就你不坏的心脏
让我做一个瞎眼的踩葡萄汉吧
为了你，为了能酿出你体内奔流的马德拉酒
让我做一个瘫痪的鞣皮工吧
为了你，为了能在你胸腔中撑一对强韧的风箱
让我做一个烧火的聋子吧

为了你，为了能往你的风箱里吹入炽热的呼吸

让我做一个哑巴的面包工吧

为了你，为了能把你柔软的脑髓和紧绷的睾丸塑成形状

让我做一个兔唇的养蜂人吧

为了你，为了能提炼你甜蜜浓稠的脑浆与精液

让我做一个痛风的裁缝吧

为了你，为了能缝制包容你的善良与强韧的皮肤

让我做一个铅中毒的金匠吧

为了你，为了能雕刻主宰你全部的纯金魂灵

不，还是不对，也不是这样

*

你的全部是从那里出现的两种纯粹的物质

你的阴囊与思想——我把他们放在天平两端

你的阴囊是让水涨高再从表面迸出露珠的猪皮袋

你的思想是袋子四周闷热的空气

你的阴囊是枝叶繁茂果实累累的热带树

你的思想是沉甸甸的甜果

你的阴囊是正午人声鼎沸的斗牛场

你的思想是斗牛场宣泄向天空的尖叫

你的阴囊是挂在门口驱邪用的大蒜

你的思想是那刺激性的气味

你的阴囊是刚挖出的金块

你的思想是它散发的金光

阴囊与思想把天平的两个盘子掉个个儿：思想与阴囊

你的思想是激湍清冽

你的阴囊是造就激湍的晦暗的湖

你的思想是猎鹰矫健

你的阴囊是让猎鹰休憩的健硕臂膀

你的思想是撒了一地的食盐闪光

你的阴囊是歪倒的烟缸

你的思想是船队遥遥

你的阴囊是送他们启程的地平线

你的思想是星云混沌

你的阴囊是星云得以栖身的苍穹——

＊

这些描摹你的语言

不过是你这座壮丽的建筑留下的惨烈废墟

语言如此空虚，我绕到废墟背后

看吧，在这陌生的、铅灰色的黎明天空

你的思想毫不掩饰地以阴囊的形状

温柔又沉重地悬垂，被赞叹的秃鹫们包围

晃着，不停晃着，晃得身形模糊

总有一天，云的阴毛会从四面八方的地平线蜂拥而至

闪电激烈的血管在大气的腿上倾轧奔流

我要离开，就像那个古代的女神

做个永远的流浪者，浪迹世界

向着我心爱的人们——他们酷似饕餮尸肉的豺狼——内心的旷野

我要去搜寻，搜寻那个被四分五裂抛尸荒野的你

特别是那根混着瓦砾沾满血迹的孤独的阴茎

动词Ⅰ·Ⅱ

相遇……以及

有路，就定会相遇。一旦相遇，就必须要选择，是去爱，还是自相残杀。自相残杀过后，唯有流浪。最原始的道路，与相遇到流浪之间的哪个动词——最为接近？

爱

我爱你。这里的"你"，自然是指那个谋杀犯——充满置我于死地的全部蛊惑。

杀

被杀的人，将成为杀人者的兄弟抑或父亲。

交合

有人在与另一人交合。换言之，那交合与我无关。

奸淫

奸淫这一动词的古典活用只有一种形式——不得奸淫。

偷窃与奸淫

动词——偷窃的出发点从名词的角度考虑即为眼与手的一致点。奸淫的出发点则是眼与生殖器的一致点。

窥视

窥视者所窥视的，其实是由窥孔窥见的自己的背影。

被窃窃私语·窃窃私语

被窃窃私语的耳朵一边聆听，一边已化作唇舌低语。

集合

人们为了扔石块杀人而集合。如果人们集合的终点、广场中心并不存在扔石块的对象，那么人们的集合中必然包含一名被杀的人。

造访

动词在造访中仅有腿，没有脸。或者说，造访者的脸在被造访者反射的炫目光线下，被不可视的点所分割，并无限分割下去。

进入

人一旦跨进门槛，就必须把他当作家人一样款待。

吞噬

神吞噬我们。我们吞噬神。我们互相吞噬。

渴

如果说"喝"的范围是从喝水到喝毒药的话，那么"渴"也必须被限定在渴求清水与渴求毒药之间。

触碰

不只是"触碰"这一动词的指尖缠着绷带。被触碰的物体也缠满了绷带。

睡眠

在睡眠之卵上敲出裂缝的觉醒的尖喙，是在卵壳外还是在卵壳内？我们轻而易举把睡眠之卵的壳内部视为星云状的混沌而加以包容，但若说到混沌，外部亦如是。

掷……以及

"掷铁饼的男人"的"铁饼"，不过是个方便的比喻。男人投掷的终究不是铁饼，而是他自己的手臂。在同一意义上，"脱衣服的女人"所脱掉的也不是"衣服"，而是她自己的身躯。

穿·步行·到达

穿上穿，而非鞋子；以步行步行，而非以脚；到达到达，而非神殿。

用拐杖戳

我用拐杖戳的时候，拐杖（就像神话中人面兽身的少女用"第三只脚"的暗示所表现的那样）仿佛我身体不可切分的一部分，跟拐杖戳拐杖很难区分。

歌唱

我歌唱=基本式。我为歌唱而生=过去式。我正被强迫歌唱=现在式。我或许歌唱到喉咙破裂=未来式。

创造

开天辟地这类壮举，需要用卑微的行为加以诠释。就好像是扮作鞋匠的神，创造一个鞋子形状的宇宙。

献祭

顶在献祭者头上的托盘，必须作为手的延伸以他的肉构成，装肉的托盘里献上的，必须是他自己血迹斑斑的头颅，或是更接近本源的头颅——他的阴茎。

供奉·被供奉

神供奉自己或被神自身供奉之时，我们将被彻底排除在外，直至体无完肤——即使供奉自己抑或被供奉的神的意图乃是"我们完全的救赎"。

测量

人类是万物的尺度……的一种可行解释——我们右手食指上的三个刻度，是为了测量过去作为人的羔羊侧腹伤口的深度。

成为

国王被播种长成麦穗。麦粒被碾碎做成面包。面包被嚼烂化成粪便。粪便被孕育……会成为国王吗？

存在·奔跑·号哭

存在的必须是王侯。奔跑的必须是刺客。号哭的必须是王妃和侍女。

流浪

人为何要流浪？因为过去神也曾流浪。为此需添加注释……神过去为何要流浪？为了遥远的未来，人能流浪。

死·生

死者并不仅指在过去的某一点死亡的人，而是指死于过去，此刻持续着死亡，未来仍向死而行的人。由此可见，生者无非就是未亡之人。

生·死

生时默默无闻，死时则必须作为王者死去。

在岸边（E·庞德之墓）

这座围着高高石墙的墓之岛上
比起你那种着月桂树的坟墓
我更想谈谈环岛的水流
以及无花果、接骨木和羊蹄对面变动的时光流逝
你是从彼岸来到此岸的人

活着的时候，站在此岸
你是不得不想着彼岸的人
人无法选择彼岸和此岸
只能从一岸想象另一岸
纵使来到某一岸，那也是被水流冲来的

草灵谭

都市是一种罪恶，因为都市
是由妓院、银行和学校构成的
这样宣告，你从叫作房门的房门
小巷的小巷，赶走居住的人
在叫作建筑的建筑、叫作窗户的窗户
点燃净心之火
一掌打在回头看的面颊，穿着鞋用力踏踩
在天空的火灾下，让他光脚踏入遥远的路程
在道路的尽头，让他跪在傍晚的火田
直到流血，让他反复地用手挖地
他变得无法动弹时，用枪托砸碎他的颈骨
然后扔到草丛，任夜露凌辱
你绝对没错
你像水一样澄明的眼睛证明着
可是，你不能停下来
用烧毁城市的手烧毁村落
用殴打商人眉头的手殴打农民
必须在黑暗之中，把万恶之源的人类
从婴儿彻底根绝
在人类灭亡之后，只剩下一个人
用石头砸碎你的身体
和你的胯骨之间的生命之根时，你的嘴唇
会浮现出美丽的微笑吧
你的身体正因砸碎而腐烂
从腐烂缝隙长出的草也会随风摇动吧
繁茂的草和树木的黎明来临

让你宣告，让叫作人类的人类灭绝
把你的生命之根改变成黑洞
不是因为你自身，或许是新绿优美的草之精灵
寄生在了你的肉体

交换

在朝向北方大海途中的泥炭原野上
我们看到了不可思议的东西，车停下
目的地消失，毅然舍弃的火车站
曾经徒手捕获的大鱼
包括装满鲱鱼的箱子，箱摞上箱装进货车
运往繁华的南方城镇
之后，鱼群改变目的地的岸边
卡车道开通了别的地方
货车被瓦解，轨道任其生锈
在不见人影长满苜蓿的原野
只剩下车站和一个走廊
我下车，在此看到的是
一个建筑物之外还有一种命运
那不是第三人称
说不定是第一人称的我
站在那里看的不是我
说不定是什么征兆
坐在疾驶的汽车上闭上眼的确定是我吗？
留在车后目送我的一定是车站吗？
我变成车站，留在了泥炭的原野
车站变成我，回到我的故乡

化身为狼神的恋人们

其一

树之狼，草之疾风
树之狼跑过森林的天空
草之疾风席卷土地

树之嚎叫，草之喧嚣
赤裸的魂灵
血淋淋的肝脏

呼吸之尖牙，嚎叫之鲜红
翻卷于风中
暗夜之褶皱、褶皱

啮咬撕裂之齿
白色飞沫
利爪挠过雪泥

树之狼，草之疾风
树之狼乃是风
草之疾风乃是狼

其二

吞咽火焰的是谁
与风奔跑的是谁
在手中撕开
痉挛心脏的是谁
把绿色森林变成暴风雪的森林
把爱的巢穴倏地变成贫瘠草丛的
又是谁

狼那敏捷的黑暗
以饥肠辘辘的侧腹吞咽火焰
竖起根根闪亮钢针般的皮毛与风奔跑
用热血浸泡燧石的尖牙利爪
冬之精灵的狼，骨头的蔷粉迷人眼睛
以冰冻的呼吸把年轻的森林变成死亡森林
把燃烧火焰的眼变成泥泞

其三

吮吸我乳房的时候
那个人变成狼崽
狠狠咬住我淡粉色的乳晕
吮干了最后一滴乳汁

流不出乳汁时，血和着疼痛淌出
血被吮吸，渐次稀薄
我失去了意识，在失神的梦魇中
不知何时我也和那个人一样变成了狼

其四

我们的爱
是彼此啮咬
啮咬裂开的爱

彼此对看
眼中
燃烧的树木

咬碎

接吻的口内
呼吸的尖牙

沸腾的血
喷涌
倏而结冻

我们的
折磨是爱抚
痛苦是喜悦

互相拥抱的我们
长长的影子四周
钢丝般的毛发战栗

其五

夜晚，在公园的树丛里
恋人们的头上
紧紧套上狼的头颅

在月之山巅
狼顶着
恋人们的脑袋饥肠辘辘

其六

狼的情侣起舞
软毛与软毛摩擦的胸脯间
爱的小鸟被活活挤死

有一对情侣一直站着，以盛满血色

浓酒的玻璃杯狂饮
空气的胎毛细密反光

有一对情侣坐在长椅上
侧耳倾听回旋的唱片
嗜血者的音乐

有一对情侣蹑手蹑脚地
滑到走廊，滑到影中
从彼此后仰的颈子啜吸鲜血

有一对情侣在庭院中飞溅的
喷泉旁杀死玫瑰的花蕾
病态纤细的手指渗出鲜艳的血

一匹狼面对着墙壁
在打字机上悄然敲出爱的诗篇
打字机的墨水是暖暖的血红

其七

彩绘玻璃上，碎裂成小块拥挤的圣徒们

倾斜的钟表内侧的暗夜长鸣，永葆新生

无数声响的银粉

金雀花崩坍的群落

给风暴云镶边那可怕没落的黄金

枝繁叶茂中，套紧的狼头喉咙咯咯作响

啜饮彼此鲜血的恋人们

其八

死去的灵魂，蛆虫蠕动的肉
在它们屏住呼吸私语的墓地
他在那儿踩住刹车
轮胎刺耳地轧过疯长的杂草

我们默默不语
甩开外套脱下内衣扔到一边
像在发怒一样突然拥抱一起
——花揪树在窗玻璃里摇晃

死者们好像说了些什么
想活下去，想活下去
我们以我们的呻吟
用喷溅的疼痛对死者视而不见

其九

盛着蜜色酒水的玻璃缸
装着冰糖的玻璃壶
装香油的小瓶
盛剧毒的乳钵

天上的玻璃
全部碎裂
碎片与碎片互相照耀
倾泻下轰鸣的群青

碰到碎片尖锥的片刻
地面上玻璃的城市轰响
吱啦吱啦破碎消失的片刻
恋人们悄然蒙上狼的头颅

其十

仰望圆形的天穹，拥挤的高塔闪耀着尖顶
一千座钟齐鸣，一千座钟回响
鸟鸣钟鸣响深空，杜鹃钟狂叫
猫头鹰钟展示着鲜红的口

天之巨钟的摆轮迸散，发条迸散
表盘上的罗马数字VIII IX X XI
XII翻了个筋斗掉落

心爱的恋人们早早地
就把狼的头颅紧套在脑袋上
相爱的男人们赤裸身体
他们双双保持着爱的姿势坠落下来

关于橄榄树

关于橄榄树
我们知道得不多
那数以千计的叶片在正午的光中
微微摇动着沙沙作响
它的根所抵达的地底下的黑暗
我们并不知晓
从根部长出的无数须根搂抱着
几十代、几百代死者的堆积
他们相互重叠、相互融合变为一体
他们的记忆、悲伤和欢喜
我们并不知晓
还有渗出的纯粹物质
被须根吸收，通过树干之路
作为光倾注而出的秘密
我们并不知晓
但是，走到树旁坐下歇息

或阅读、约会和交谈
有时还写生
接受迟早到访的死亡
追加进地底下死者们的堆积之列
被须根吸上来，随着叶片的摇动
转身为倾注而出的光
仅此而已

从棺椁中

我从棺椁中站起
墓地旁，当它沉甸甸地被卸下
遮蔽眼睑的死之睡眠中
我茫然摸索着爬出棺椁

多么耀眼……
我从未见过如此鲜丽的风景
桂竹香树轻摇，幽深的影子
分隔墓地的平缓土墙
好像湿润的屋顶闪着光

我回过神时，树丛后人来人往
他们沿午后的下坡路逃跑
我坐在棺椁的盖儿上
无云的晴空犹如发呆
仿佛初次的风吹拂我的头发

我抓住地上的蜥蜴
在我血脉流动、肌肉紧绷的手心
蜥蜴扭动身子拼命挣扎
我捂住脸——突然痛哭失声

时间的证明
高桥睦郎其人其诗

田原

在日本现当代诗人中，高桥睦郎是我至今翻译的作品相对较多的一位。

我与高桥睦郎的友谊建立于2005年（当然在此之前断断续续涉猎过他不同题材的作品）——一起应邀去参加在新疆南疆举办的国际诗歌艺术节。当时，一同参加的还有日本当代著名超写实主义画家野田弘志。那场由几十个国家的诗人和艺术家齐聚一堂阵容庞大的艺术节为他们俩留下深刻印象，不过从返回日本高桥发表的文章中不难发现，为他们留下更深印象的好像是遍游南疆时维吾尔族人美丽亲切的笑容，和挺拔在沙漠"千年不死、死后千年不倒、倒下千年不朽"的胡杨林，以及燃烧在地平线尽头那悲壮的落日。为了那场诗歌艺术节出版小册子，我第一次翻译了高桥睦郎的几首诗——这也是高桥睦郎的诗得以被中国读者认知和接受的契机。自此之后，我也开始有计划地系统阅读并着手翻译高桥不同时期的作品。

在日本当代诗坛，高桥睦郎可能是唯一被公认的文学全才，在现代诗、俳句、短歌、小说、随笔、批评甚至古典剧本"能"的创作领域都颇有建树。毫无疑问，高桥睦郎首先是作为现代诗人被广泛认知的，其实，他对文学的萌发始于少年时代，中学生时开始给当时公开发行的《每日中学生新闻》投稿，不仅发表现代诗歌，也发表俳句、短歌和散文，从这一点不难发现高桥一开始就是各种文学体裁的齐头并进者。22岁即将从国立福冈教育大学国语系毕业时，高桥罹患肺结核休学在疗养院，自费出版处女诗集《米诺托，我的公牛》（私家限定版1959年）。36岁出版第一本俳句集《旧句帖》（汤川书房1973年），这本俳句集由当时影响巨大、号称日本歌坛（短歌）"前卫短歌三雄"（另外两位是寺山修司、冈井隆）的歌人之一和评论家八本邦雄写序。不少文献资料都记载了这本俳句集出版后的反响，有意思的是这三位都以写作的多面手著称。之后高桥的文学生涯除了经历了为期不短的萧条期之外，他的写作一直是多管齐下，至今已出版36本诗集、10本俳句集、30本随笔和评论集，另外还有几部短歌集、小说集和绘本等。高桥在当代诗人中获奖颇多，包括现代诗的现代诗人奖、评论集的鲇川信夫奖、俳句的蛇笏奖，甚至中篇小说《看不见的画》1985年还入围过第93届芥川奖。

高桥在33岁出版的自传体小说《十二的远景》中，曾提及在他的幼年时代，母亲撇下年幼的姐姐和他，跟情人私奔——在天津的日本租界生活过多年这一事实。当然，仅从这一点谈论高桥与中国古典文学的关系难免过于牵强附会。大学毕业后，高桥睦郎通过努力自学能自由自在地徜徉在中国古诗中，并与屈原、陶渊明、李白、杜甫、李贺越过语言的障碍远隔时空对话，在日本当代诗人中确实很难找到第二位。在此，如果说对中国古诗造诣颇深的高桥与中国古代诗人的渊源系前世所为也许就不那么夸张了。这一点也是他与其他战后诗人区别开来的重要依据，单凭此，当下的日本诗人中几乎无人能与他平起平坐。

出生三个月父亲和大姐在两天内相继去世的高桥睦郎度过了悲惨的童年，居无定所，颠沛流离，被寄养在不同的亲戚家。贫困、饥饿、孤独、缺乏爱的呵护与温暖。据他的自传记载，在上小学之前，从天津返回日本的母亲因无法忍受食不果腹、痛苦无助的生活，曾绝望地寻短，把年幼的二姐和他关在房间服用安眠药寻求一起自杀，碰巧被前来串门的舅舅和舅母及时营救他们才得以幸存。记忆中这种特殊的生命经历为他的作品涂上了永不褪色的灰暗色调。或许自幼失去父亲和缺乏父爱的缘故，高桥的作品中充满了更多对男性和男性世界的想象与渴望，这种文本和诗人姿态在日本当代诗人中颇富有传奇色彩。这一因素又增添了他在日本诗人中独一无二的存在感。

高桥睦郎的诗歌语言越过日语与生俱来的暧昧性，干脆直接、率真和正直，直言无忌地直抵诗意的核心和诗歌的本质。他的诗歌中，无论把什么作为书写对象，都带有强烈的"反世界和批评性"。剖腹自杀之前曾与高桥交往六年之久的作家三岛由纪夫，在高桥睦郎第三本诗集《沉睡、侵犯与坠落》的跋文中，为高桥的第二本诗集《蔷薇树，伪恋人们》深深"着迷"，并称"它冲击我长久以来所思考的思想血肉"。三岛不愧为大才槃槃，他对高桥的评价独到、犀利、准确、一语道破。三岛还在跋文中写道："诗人如蚀刻法让'表面'精致地腐蚀，诗人在此热衷的是让这一'表面'深深陷入存在的内部。这既是诗人所创造的'灵魂'，亦是他的精神性。"三岛的概括涵盖和预言了他自杀前后高桥的诗歌写作："高桥的诗歌世界中毫无暧昧，毫无兴之所至，毫无情绪化，甚至毫无抽象性。一切都是用无比正确的肉感描线而构成，语言如干果般排列。"

多年来，曾不止一次听国内诗人和研究现代诗的学者说，高桥的诗与以往读到的日本现代诗歌有很大不同。我非常清楚他们所说的"不同"的内涵。简单概括，就是高桥的诗歌基调或曰诗魂具有与众不同的厚重与深远，这种厚重感与他作品中的一贯"灰暗"密不可分，"灰暗"也许是最能全面概括高桥诗歌色彩或诗歌本质的一个词语。他的诗歌中，无论长诗还是短诗，常常出现富有物语性叙述的作品，这些带有物语哲学思考的作品大都是以历史和想象为舞台，融入神话传说，贯通古今东西，再用其独有的表现方式展开叙述。从某种意义上讲，高桥是以个人的努力缓解了现代与古典之间的关系，尤其是他一直坚持的俳句和短歌写作，这种创作行动缓和了日本现代诗与古典传统诗歌断绝血缘的"隔阂"和对峙的"紧张关系"。他的诗在传统与现代之间进行了有意义的尝试，为现代诗新的写作方法和新的诗歌秩序提供了可能。他的整体诗风稳健、机智、厚重，并带有一定的悲剧意识。以上这些都是他在战后日本现代诗中独树一帜的最大理由。

高桥睦郎诗歌的"厚重与深沉"既是他本能的发露，也是他生命的底色。这一点或许跟中国诗人的"嗜好"较为接近吧。我对"厚重与深沉"有两层解释：一是置身于特殊的人文和自然环境，生命承受生活之重，身心受到极度压制，无处释放因而进行抵抗、挑战、颠覆和诉求，诗人有意或无意流露出悲情，也许会无意识渴求"厚重和深沉"承担起这种寄托。另一层解释则是"厚重和深沉"来自身为创作者的诗人及其作品本身。总之，从早期创作到当下新作，高桥的作品都如影随形地忠实地勾勒出了诗人的命运轨迹。诗歌是高桥的忠实伴侣，真实地记录了他的生活方式和生命印痕，再现出诗人漫长人生中各个时期的烦忧与喜悦、沉默与呼唤。当然，诗人绝非单纯和轻描淡写地把人生经验转换为诗歌形式，而是透过语言和意象，充分展现自己的想象力，以质感饱满的语句构筑起自己的诗歌王国。

诗歌是时间的艺术。诗人倾尽一生无论创作了多少作品，若没有一定数量的（几首甚至更多）穿破云层如高山般屹立的名作支撑，很难被时间记忆。这句话我想应该适用于每一位诗人。高桥睦郎已经用他的不少高山诗篇回应了我们，相信读者会从他的这本《蔷薇树》诗选中找到与自己相对应的铭刻于心的诗句。

高桥的诗歌无论是从日语的外部（即汉译或其他语种）还是内部来阅读，均不会产生太大的落差。这也是他的作品被置换成汉语后受到好评的重要原因。

高桥的诗歌不仅能够跨越国界，而且也能跨越时间，同时被时间证明。

五个问题——
关于文学互相影响的一个发言

韩东

中国文学的现代化

　　中国文学存在着一个现代化的问题，其进展和中国社会的现代化进程密切相关，基本是同步的。例如1949到1978这30年，文学的现代化进程便告中断。其时的中国文学并没有退回古代，一种为政权意识形态服务的文学开始一统天下。1977年中国开始了改革开放和"四个现代化"建设。中国文学的现代化亦开始从深渊起步，至今也已经有40年的历史了。40年，基本上是两代作家和诗人。一代是以北岛为代表的文学启蒙者，另一代便是我的同辈或者同龄人。1978年我17岁，进入高校学习，同时在诗歌写作上也开始了学艺期。我是这40年文学现代化的亲历者，也是见证人。我以为谈论中国当代文学不应从现状着眼，仅仅局限在一个现在时的面上，那样会了无所得。中国当代文学，其实就是这40年的文学，是这样的一种进展、一种积累和一种传统。

苏俄文学的影响

外国文学对中国文学的现代化进程具有深远影响。也许我们将外国文学称为"翻译文学"更为恰当,因为中国作家学习和了解外国文学大多是通过译文。尤其是诗歌,它是否具有吸引力完全取决于在中文翻译中是否成立。

对中国文学产生影响的翻译文学可追溯到苏俄文学,那是在1949到1978这30年前半程的相对宽松期。由于中国和苏联的关系,大量的苏俄文学被译介进来。当然是只此一家别无分店,苏俄文学以外的资本主义国家的文学被翻译得少之又少。高尔基、肖洛霍夫、法捷耶夫、马雅可夫斯基、叶赛宁等等就是这时进入中国的。当然还有契诃夫、屠格涅夫、陀思妥耶夫斯基、普希金以及列宁推崇的托尔斯泰。但最为流行的却是奥斯托洛夫斯基的小说《钢铁是怎样炼成的》。这一明显带有政治意味的翻译和阅读活动,随着中苏关系交恶逐渐式微,到"文革"开始完全终止。

苏俄文学对中国文学影响至深的是现实主义。当然批判现实主义被改造成了所谓的"革命现实主义",也就是为政治服务。

改革开放以来

改革开放以来,不仅文学,各类西方文艺思潮进入中国呈汹涌之势。中国人的阅读也如饥似渴。但就翻译文学的译介和阅读而言还是有阶段性的,有热点和重点的不同。简言之,"40年"之初,以北岛为代表的地下文学服膺于法国存在主义,萨特、加缪等作家成为他们的首选。与此同时,由于可以理解的原因,苏联持不同政见者文学也很流行,比如索尔仁尼琴的《古拉格群岛》《癌病房》等也较早地进入到中国。但总体说来,中国人对翻译文学的阅读可谓无所不包,几乎不分语种、地区和流派,凡是能搜罗到的都要一睹为快。显得缺乏系统性,也难以形成大热门。直到1990年代,一批年轻的主流作家(主要是小说家)锁定了南美爆炸文学,其魔幻现实主义让他们深受启发,写作圈内的热门阅读才真正形成。主流作家以外的边缘写作者,则更热衷于现代主义和形式主义的翻译作品,卡夫卡、罗布·格里耶、卡尔维诺、乔伊斯、纳博科夫以及博尔赫斯是他们的最爱。无论主流或非主流作家,对美国文学都同样如数家珍,在此不赘。还有一个特点就是,抛弃现实主义已成为所有人的共识。

在中国,曾经最大的热门是米兰·昆德拉,时间稍晚于南美爆炸文学。记得当时知识分子圈子(不限于作家)里几乎人手一册《生命中不能承受之轻》,你如果没有读过昆德拉简直没法见人。对一个作家的关注,自然会延伸到他所在的语种、地区和流派,因此之故,中国作家的阅读部分地转向了东欧。这以后,奈保尔、帕慕克、卡佛、布罗茨基(主要是文论)等人都一度流行过,但就其规模和产生的影响远不及1990年代的南美爆炸文学和昆德拉。另有一点，中国对翻译文学的出版、阅读越来越以诺贝尔文学奖为向导。热点的消退除了图书市场的急功近利，还因为一代中国作家的成熟。就阅读而言他们已趋向个人化，有自己的所好，建立起了自己的谱系。这一代人已经中年半老，重新认识中国传统，在世界文学的大格局里对自身进行定位，这属于另一个问题，不多说。

诗歌这一块

以上所论过于简略，一是篇幅所限；其次，要梳理一个大致的脉络难免挂一漏万（其中的出入和错误且不论）。遗漏的最大一块当然是诗歌。一、如我所言，诗歌的译介如果成功必须在汉语里"复活"，比起小说来这有很大的难度。二、比起小说家来，中国当代诗人是更早进入个人化自觉的，无论是阅读还是写作。从翻译作品里汲取养分、激活能量在诗人那里不具有决定性的意义。即便如此，中国诗人对翻译诗歌的阅读也还是全方位的，尽其可能的。

中国文学之于世界

最后一个问题，中国当代文学对世界文学的影响。据我所知，毫无影响。但我认为责任不在中国当代作家的写作，不是他们写得不够好，没有启发性。问题在于西方看待中国的视角。要么是一个政治视角，认定凡是与现政权唱反调的便有价值。要么，观察者想象了一种异国情调的中国价值，但这种价值如果有那也属于中国古代（开始现代化以前的中国）。对中国作家40年来的写作西方是不信任的。加之文字的不同，作为文化基因的携带物在理解方面造成的障碍更让人心生疑惑。某种既同又不同（既同于西方又不同于西方）的呈现被轻易地判定为不成熟。但在我看来，这恰恰是当代中国文学的价值所在。

2017.4.20

寻焦的眼镜与嘟囔的顽石

——论桑克

万冲

我们生活在一个自我认识的时代。
这个时代与其他时代之所以不同，
并非在于拥有了全新的信念，
而在于不断增长的
对自我的认识与关注。
——卡尔·曼海姆

道德不能导源于历史定律，
也不能导源于客观的人类进步目标，
人为自己而追求自己的道德目的
——以赛亚·伯林

（一）

　　桑克在某次诗歌奖颁奖典礼上的一段话，极有可能敞开了他的诗歌写作的秘径。"中学住校的时候，早晨吹起床号，晚上吹熄灯号，这些军号声给我带来的深刻记忆，使我现在一听见它们就哆嗦。这种高度管制化的生活对我的影响不次于大学毕业以及之后生活对我的影响。我的心理模式、情感构成，以及将写作作为创伤治疗手段的方式几乎都与这两个时间段落有关。" 桑克在成长期遭受的创伤，渗透到心理模式和情感构成之中，为他带来了一种额外的才华，使他敏感于感官经验、情绪构成和社会生活之间的互动性关联，成为他诗歌写作的意义来源，并贯穿于他的写作进程中。可资为证的是，已年届不惑的桑克，面对镜中的自己，基于身体和权力的视角，为自己描摹了一幅《自画像》：

　　　　眉毛没什么变化。
　　　　眼皮略双，眼睛略红，
　　　　蝴蝶眼镜使它看上去像斗鸡眼。
　　　　粗粗看脸，比实际年轻，
　　　　细看，眼角以及鼻翼周围
　　　　盘旋着粗劣的皱纹，
　　　　而且千万别扯动嘴角。

　　　　· · · · · · ·

　　　　但是肚腹仍旧是
　　　　中年的肚腹，幸亏它掩藏在
　　　　肥大的衬衣之中。
　　　　然后是看不见的耻毛，
　　　　已经白了两根。
　　　　强烈的欲念归结于克制，
　　　　归结于秋天的节拍器。

　　　　然后是膝盖，上楼时
　　　　微痛。没去医院查过。
　　　　可能是累的，但他极少步行。
　　　　还有手，忘记的字比新识的多。
　　　　还有脚，仍旧是平足，
　　　　它走不了多远。
　　　　它在鞋里修身养性。

　　　　按照钱玄同的说法，
　　　　这人应当枪毙。
　　　　按照卡尔·巴特的说法。

他已处于下坡的途中。

我呢，对他还有幻想：

但愿今年不是他生命的顶点，

但愿他明日之后更加平静。

2007.8.30,18:09

　　这幅看似平淡的自画像，其实呈现出身心之间互为表里的关系，眉毛、额头、脸、肚腹、膝盖和足等等身体组织的特征和动作，表征着诗人内在的精神状况。以身体姿势为隐喻，桑克表明了自己独特的精神立场和价值追求——既不像钱玄同等极力倡导新文化运动的知识分子那样，被裹挟进一种强烈的文化激情之中，作出被一股热力和时尚所鼓动的前倾姿势；也不似卡尔·巴特等神学家那样，斥责身体是低下的堕落姿势，抱有坚定的形而上信仰，陷入一种自我圣化之中；而是让身体固守目前安静的位置，通过稳定的身心修炼，达致平和的精神境界。这种看似保守的精神姿态和价值立场，其实蕴含了桑克的敏锐判断与睿智选择。桑克深刻明白，现代人的精神生活处于摇摆不定之中——要么服从某种外部权威和既定的世界秩序，要么过于笃信膨胀的自我的力量，即"人们都以为自己生活在一个独一无二的时代，并且往往偏向于将自己视为时代的英雄"。 他的选择是竭力克服对时代和自我的幻觉，生活在真实之中，在坚持自我和适应世界之间保持一种微妙的平衡。

　　平衡的前提是认识自我和世界之间真实的关系，桑克是从身体的角度开始认识的。诚如怀特海所言，"身体是我们的情感的和合目的的经验的基础，身和心的统一是构成一个人的明显的复合体。" 身体不仅是一个维持基本生理动作的物质躯体，是形成感官经验和理性判断的基础，还是内在情志和心境的表征，是生命参与生活实践的基本出发点和最终体现者。在桑克那里，及时性和切身性的身体经验，才是最为真实可信的。它比语言更趋近意义的本原，记录着生命面对世界时的原初感受；它不仅构成了人的思想意识的核心，而且也进一步形成了人对世界的观念图景。"身体是事件被铭写的表面" ，从切身的身体经验到形成观念图景的过程中，身体铭刻着自我教育和意识形态的双重印记。得益于青年期的生活体验，桑克深谙身体与社会制度和权力之间紧密的关系：身体刻写着社会制度和意识形态的印记，表征着某一历史时期权力运作的踪迹。

　　桑克将身体作为一个自我意识和权力争夺的场域：通过身体经验去思考主体是如何被权力塑造成形的；通过有意识地记录和反思、批判这种存在状态，执意于保持自己的情志的清洁。桑克在对身体的情绪图谱和微观动作的记录中，显影了心灵与社会现实和历史境遇遭遇的时刻，深刻剖析了自我和群体、自我和社会的关系。由是观之，桑克自觉地执着于身体的写作策略，不仅是在写作主题和方法上标识了独特的风格，更具有独特的精神意义。

（二）

　　有赖于独特的身体感知方式，桑克的写作极具灵活性和伸缩性。桑克能对微观的个人情绪进行细致的勘探与描绘，又能将细微的情绪投射到宽广的社会历史领域。以此为基础，桑克发展出观物体事的两种独特技术，一种是"情绪显微镜"，另一种是"骨质扫描仪"。前者将镜头对准自身内部，将情绪和动作放大呈现，探测心灵的细密纹理；后者记录下自我和周围人群的行为与动作，呈现为一张张风景似的切片，然后显影这些姿态动作、语言背后隐形的权力机制和意识形态。诗评家陈超曾提出一种"个人化历史想象力"的写作方式和伦理，即"在真切的个人生活和具体的历史语境的真实性之间达成同步展示，既烛照个体生命最幽微的角落，又折射出历史的症候"。桑克的诗歌堪称这种写作的典范，下面兹举几个诗例加以说明。

"我从客厅踱到卧室/从内卫踱到外卫。数数/餐厅壁画上的鱼，究竟有多少条？/我无聊，但朝气蓬勃/"（《换季》）一个困于斗室的人，无聊地细数自己从浴室到厨房的步数。桑克描绘惯常的日常生活经验，却用"间离效果"带来警醒和震惊，引人深入思考这种动作形成的原因。经反思和质疑后，生活的压抑性昭然若揭，体制深刻地置于个体的肉体之中，造成了某种内化的压抑，人的精神空间才急剧地缩减，陷入无所事事的无聊中。

桑克还善于观察和描绘人的动作和生活场景，将其标准化、风景化，捕捉其中的戏剧性和荒诞成分，探测到社会制度和意识形态在人的语言和动作中留下的印记：

社交的启蒙

……
然后是各自的家庭，女儿出乎意料的妙语：
牧童说狼来啦的假话没有危险，而他说
狼来啦的真话的时候反而被狼一口吃掉。
你目瞪口呆。她对尘世已有自己的认识。
但是你不能辨析哪些是她的，哪些是电视的。
你自己说的从来都有根有据，出自经典或者文件。
也就是说，你说的从来都是别人曾经说过的。
没有风险，或者适度的冒险，潜入你的卧室。
但是你称之为洗澡的方式却不能避免。
犹如窗外吹进的阴风，将室内的烟气拱散。
你分不出哪缕烟是灵芝的，哪缕烟是哈尔滨的。
它们此时此刻扮演着谋杀事件的同案犯。
一天彻底死掉，什么痕迹都没留下。
但是你感觉你比昨天稍微明白一些。
但是有的地方你却退到前天。你懵懂而吃惊地
望着墙上阅评小组的报告。我没有提醒你。
我只把新近看的书名告诉你。茅海建对晚清的描述，
或者阿伦特对我们生活特征的控诉。

除了让你痛苦，就是提高你的狡辩能力。
你所向披靡。你得意扬扬。但是你不相信你说的——
你肯定地向我点头。我明白没有信仰的境地。
时髦的女同事穿着灰色的裙装，端着咖啡杯走过。
你没看她灰白的小腿，你盯着她手中的杯子。
似乎就是你昨天用过的那只。红蓝白的横纹，
仿佛一面国旗。你认不出这是俄国还是法国。
明天是不存在的。你仿佛坐在沃尔沃巴士之中。
顶灯关闭。窗外的夜色阑珊。你孤独地坐着。
我像看一场电影，把自己推离圆桌一尺。

（选自诗集《转台游戏》第175页）

  桑克在友人的言谈举止中发现，现代人的感受和认知方式，被一种无形的权力体制规范和掌控着，并在不同的代际之间延续着。在这种视权力为最高权威的思维方式中，人容易陷入犬儒主义的泥淖中，构建出一套诡辩体系和自欺欺人的圈套，丧失对知识和真理的追求和信仰。友人的言行作为一个镜面，也映照出桑克的生活处境，从而引发他深刻的内审，身体以条件反射似的后退做出抵抗，"我像看一场电影，把自己推离桌面一尺"，形成稳固的反省与抵抗机制。

  而在《转台游戏》中，桑克则进一步揭开了控制着人们感受和语言表达方式的隐形权威的面纱：

雨从敞窗进入。
我不理，继续看电视。
遥控器在手，仿佛是我控制
这个国度。我本该得意，
但是没有，而是无聊。

换台，从汉语到英语。
演讲者鬼画符，听众流泪。
黎以战火，评论员微笑，
将之喻为英超。我愤怒，
他脸色突变：不能忘记丧命。

歌唱或选秀。当面讥讽
我的判断，当面制作水门
或拉链之门。我不仅不生气，

并且隐隐生出模糊的乐趣。
腊味好像怀旧的趣味。

洪水奔涌。屋如萍，
车似船。大人物多么光鲜。
他的笑容看上去多么真实：
洪水更像虚构的。
不能相信潦草的新闻。

这些隐喻的表面，
不靠谱，我看不见深处。
实际上，常识更需要追求。
仿佛一场雾中审判，
原告被告，白发美人。

（选自诗集《转台游戏》第138—139页）

痛苦和死亡的感性内核被剥夺，严肃的生死体验被转化为拟象风景，被任意涂抹以供人们娱乐消遣。在"被制造的景象取代了现实的位置，仿真的世界替代或遮蔽了真实的世界的信息传播社会里"，人群丧失了追求真实的欲望和兴趣，而这背后其实是消费意识形态和全球化的资本技术机制对人的无形控制。"我"最初也陷入这种人造的语言风景之中，所幸的是，诗人经由自我反思而有所警觉，确立追求常识的标准，以人性作为判断是非善恶的标准和尺度。

揭开这层隐蔽的意识形态面纱之后，桑克发展出了自己的观视方式，深入到芜杂的社会风景之后，洞识其中被遮蔽的真相：

没人注意这些铁路边的荒草，
我久久地注视着你们。
你们渐渐成为一个帝国，
辽远，复杂，波澜壮阔。
你们的历史渊源，你们的宫廷阴谋，
我能想象你们的每一个细节。
那些访客，那些经过的乌云和渡鸦，
背对而立的两个人，
那群模拟局部战争的孩子，
我远远地注释着你们，并且毫不客气地
提出无中生有的疑问。

而你们竟然回答了，借助六音步的风。
我久久注视着你们，
一动不动，仿佛一个拆掉提线的木偶，
注视着一座充满活力的剧院大门。

　　　　　　　　　　——《荒草》

　　诗人从凌乱的荒草的自然状态中读出了复杂的宫廷政治阴谋和帝国政治细节。这首诗歌中表现的"注视—注释——注视"的视线变迁，其实是诗人主体意识逐层突破虚拟的表象，不断地深入到历史的细节之中，获得历史理性的过程。这种视线变迁过程，其实也是桑克诗歌的一贯特征——犹如一副眼镜，在不断聚焦的过程中，获得清晰的认知与判断，确定主体的位置：

眼镜

在这一生之中，我就是这样胡乱地跑着，
我几乎看不清一切。明天上午，我必须配副新的眼镜，
请它帮助我清晰地记住回趟门楣之上的旧痕，
把那些伪饰的新印剔净吧，那些幽魂
或许就能找到家，正如眼镜重新找到它迷糊的主人。

（选自诗集《转台游戏》第162页）

　　眼镜聚焦的过程，即是桑克在诗歌中处理经验的过程，从感官经验到理性反省再到智慧的领悟；而眼镜所蕴含的知识分子意味，也表明了桑克写作的伦理追求。桑克一方面恪守生活的常识，用以识破意识形态叠加在日常生活之上的幻象；另一方面，桑克从书卷中引入开阔的精神和历史视野，作为认识和判断现实生活的依据。这种双重的认识和判断框架，能摆脱过度依赖知识的状态，又能避免历史视野的欠缺，以免让自己陷入客观环境中而不能自拔。
　　在这种写作方式中，写作者没有被先在地给定一个稳固的位置，而是保持着身体敞开和思维开放的状态，从具体的感觉和经验出发，寻求真确的感知和理性的判断。这种对主体的祛魅、消解与重建过程，暗含着内审和辩驳的意识，形成了反抗的逻辑和策略。学者宁晓萌颇有见地地指出，"自我"的形成不仅仅依寓于身体自身存在风格的养成和积淀，不仅仅依于一种主动性的建构，更重要的在于他朝向一个被给予的场域，在其不可跳脱的处境中，在"身体本身"（知觉主体）与"感知世界"的悖论性的交织关系中，被塑造的个体得以成形。主体所处的场域更多地具有不可更改性，因而主体有着被迫的无奈。一种事先被给定的身份和生活方式是可疑的，看似牢固的属于自己的形象，极有可能是意识形态和社会制度建构而成，并且已经被意识形态隐蔽地内化到情感结构之中，其行为在无意识深处被控制着。

桑克的诗歌写作，是将"自我"从这种自我妥协和意识形态的控制中救赎出来的自我清洁的行动。这种自觉的写作意识，也造就了桑克的晦涩与清晰相混杂的诗歌风格。清晰源自内心明确的反抗的激情；而晦涩是因为，桑克有意放逐了内部混杂细微的情绪，以抵抗权力话语的规训，这二者都深刻统一于桑克对权力和意识形态的对抗之中。

桑克诗歌的精彩和独到之处即在于此。他从身体的基本感受和情绪出发，记录下了体制和意识形态在身体中留下的印记；而另外一方面，也在这种自觉的记录和反思中，保持着反省意识和批判意识，体现了人的自由和尊严。正如学者一行所言，"我们每个人都受到历史的制约和塑造，因此对我们自身历史性的反思、意识到我们已经受到污染，是摆脱这种污染的唯一方式"。身处具体的社会境遇之中的人，不能在经验与感受之外自外于历史，却可以在对历史的反思和批判之中获得超越历史的路径。

有鉴于此，桑克的诗歌写作，具有一种自我启蒙的意味，即不屈从于外部的权威，能够主动地运用自己的真确感知能力和理性判断能力，自由清醒地思考体现人的尊严的问题，诸如我们如何被建构为感受的主体和知识的主体，我们如何被建构为屈从于权力关系的主体等。这种诗歌写作，指向的是一套怀疑的程序和一个无限启蒙的过程。

（三）

如果说在"寻焦的眼镜"中，桑克通过观察和感知自己的情绪和动作，感觉到社会制度和意识形态在自己身体上留下的印记，集中在自觉的"我知"维度；在这一段"嘟囔的顽石"中，主要论述的是桑克如何从身体的行动中，发现生命内部的信仰，实现对外部压抑现实的反抗，对主体内部精神的建构过程，呈现的是身体的自觉的"我能"维度。

众多研究者都注意到，桑克将写作日期精确到秒的独特现象。在这种"日知录"似的书写中，桑克表现出对日常生活和细微情绪精准的捕捉与描述能力，给人一种可信感，形成了一种特异的美学效果，即写作和日常生活的边界在消失，令人感受不到那种刻意为文的腔调，让书写成为一种日常修行的实践形式。青年学者荣英对此有精彩的解释："既敏感于年轮的转动不息和时间流逝带来的记忆褶皱，又深谙自身的有限性，而试图将一个瞬间变成被封存的瞬间，用节点的方式获得朝向终点的意义。"更为重要的是，通过对瞬间当下的身体经验的专注刻写与塑造，桑克在这种将自我艺术化的苦行中，让自己面对塑造自己的任务，将自己建构为一个拥有真切的感知和理性行动的主体。

桑克的另外一种建构自我的方式，是在对历史事件的批判和历史人物的情感共鸣之中，建立完整的行动与实践空间。整体而言，桑克的历史书写，与时代形成了一种阿甘本所言的当代性关系。所谓的当代性，就是指"一种与自己时代的奇特关系，这种关系既依附于时代，同时又与它保持距离"。桑克对时代保持着疏离、凝视与同情的关系。一方面，他对时代有清醒的认知，不屈从于历史进步论的幻象，作颂歌式的礼赞；而另一方面，他对时代的苦难（尤其是历史人物的情感和行动）抱有深刻的同情与悲悯。这两种态度最终导向的是福柯所言的对历史的考古学式批判。这种批判的目的，不是寻求某种普遍的形而上意义，而是深入历史的处境中去，思考人之所是和所为的方式。这对身陷于历史困境中的人具有非凡的意义，能够在偶然性中寻求某种可能性力量，去发现灵魂的内在尺度、道德的地平线，从而为自由的追求提供新的源泉和动力。

借由诗歌的纠正力量和宽广的历史想象力，桑克竭力把人从过于强大和隐蔽的意识形态话语的规训中拯救出来。更加难能可贵的是，他将主体去蔽之后，重新规划和塑造着主体，将之往前推进了一步——建立起基于人性的善念和对希望拥有渴望的伦理主体。这种主体的形象，是在历史的浓雾之中，保持独立性的进行自我教育和自我清洁的"顽石"。

清洁

> 既不自卑也不自傲，忠实地
> 站在雪中，接受寒冷的教育，
> 冷风之中的氧气的教育。
>
> 当代的学徒即是历史的大师，
> 或许什么都不是。
> 当晨雾消散，自身也许
> 连人都不是。只是一块顽石，
> 忧虑着弹的哭声。
>（选自《转台游戏》第167页）

这块浓雾中的顽石在诗歌中寻找着反抗的可能和希望空间：

> "在东北这么多年，
> 没见过干净的雪。"
> 城市居民总这么沮丧。
> 在乡下、空地，或者森林的
> 树杈上，雪比矿泉水
> 更清洁，更有营养。
> 它甚至不是白的，而是
> 湛蓝，仿佛墨水瓶被打翻
> 在熔炉里锻炼过一样
> 结实像石头，柔美像模特。
> 在空中的T形台上
> 招摇，而在山阴，它们
> 又比午睡的猫更安静。

风的爪子调皮地在它的脸上
留下细的纹路，它连一个身
也不会翻。而是静静地
搂着怀里的草芽
或者我们童年时代
的记忆和几近失传的游戏。
在国防公路上，它被挤压
仿佛轮胎的模块儿。
把它的嘎吱声理解成呻吟
是荒谬的。它实际上
更像一种对强制的反抗。
而我，嘟嘟囔囔，也
正有这个意思。如果
这还算一种功绩，那是因为
我始终在雪仁慈的教育下。
　　　　　——《雪的教育》

　　这首诗歌中的主体，经历了这样一个过渡过程：从表层经验的感知者到审美主体再到伦理道德的承担者和社会行动者。这个过渡过程，在诗歌中形成了一个精神成长得以施展的空间。在这个诗性空间中，诗人得以自由地出入现实和诗歌，又能援引诗歌的精神力量，供养着精神的生长，对现实形成有力的反抗。

　　桑克采取的反抗方式是嘟囔。嘟囔，是一种不合作的态度。它拥有独特语法的个人语言，反抗和消解着宏大高亢的时代话语。嘟囔，不是一种正面的反抗，而是在一个道德空间之内对自身价值的坚持。这种独立化的个人发声形式，蕴含着生命个体对自我的理解和把握，刻录着自我存在的痕迹。与卡夫卡的"咳嗽"类似，桑克将嘟囔这种日常的生理行为转变为一种具有反抗意味的行动，一种发现自己、保持自身一致性和连贯性的精神行为。借着独向一隅的嘟囔，生命打破了世界的沉默，为世界增添了新的内容与意义，留下了难以磨灭的痕迹，将自我塑造成一个独一无二的必然性个体。

　　桑克在一次访谈中有言，"因为有了希望，我们就有了存在的必要性。"这种生命的希望意味着，我们从没有纯粹地被外在于我们的政治等力量所决定，也没有被我们内在的绝望和异化所统治，而具有重新开启新生事物的能力。在这个意义上，桑克可以说是赋予生命希望的诗人，用史蒂文斯的话说就是："他既忠实于外部现实的冲击，又敏感于人存在的内在规律。以一种内在的暴力，为我们防御外在的暴力。"